# 去往马攸木拉

王昆 著

作家出版社

前言
# 清澈的爱

　　多年前，我作为援藏医疗队员，曾在玉树高原执行巡诊任务，到达了黄河源头十三座玛庆则拉山之一的雅拉达则山南面，感知藏族雅拉人悲惨而辛酸的逃亡历程；也曾在阿里高原深入边防采访，到达冈仁波齐神山下的玛旁雍措，认识了常年驻守一线、修筑天路的武警官兵。近两年，我又因军事行动多次赴甘孜藏地和迪庆牧区。在那些海拔高达五千多米的边境哨卡和高原兵站里，我结识了很多默默坚守岗位的解放军战士。在那些人迹罕至的地方，没人知道他们的名字，也没人知道他们的故事。除非某一天，在某一场战斗中，他们英勇牺牲，在流光溢彩的新闻报道中，留下一个个叫作烈士的名字。

　　但无论流连于边疆，还是行走在高原，相比沦陷于都市的喧闹和复杂的社交，都在体验一种不同的人生，闪烁着神性的诗意和诗意的神性。你看他们眼里的云，牧民说：一会儿云就飞不动了，风太大，云的腿就走累了，走累了就要流出汗滴来，云的汗滴就是落在草原上的雨。而军人则说：这清澈的爱，只为祖国。

整理这些文字时，我一直被感动着。那些医疗巡诊中认识的淳朴牧民，那些军事行动时接触的一线军人。他们身上，无不浸染着一种神秘的力量——对抗孤独和寂寞的力量。这种力量，是一种独特的精神状态。这种精神状态，游离于三维和四维之间，带有一种神幻性的气质。这种气质，是一种专注，是一种坚韧，深深地影响着我。如何捕捉和展现存在于他们身上的这种独有的精神状态让更多人了解，从而了解这个时代另外一种不同的人以及他们的人生，成为我这个写作者的使命。

先人的总结和生活的经验告诉我们，人需要强烈的信念和奉献精神才能够确立自己内心的幸福所在。如此，高原上那可爱的生命——虔诚的牧民、戍边的军人，他们的精神，以及这时代的波光潋滟、营盘的湖光山色、边地的乡风民情，与亘古不变的雪域高原，紧紧融为一体。他们平静、平和，使人温暖。

# 目录

## [下部] 热血冻土

[上部]

# 悲伤的央日俄玛

# 序言

巡诊玉树高原的那些日子，我曾接触了号称"天边的莫云"——远在唐古拉山山脊的莫云乡；到达过冈耐神山俯瞰下的苏鲁乡山荣村牧场，以及近在县城的萨胡腾镇社区；也曾短暂生活在热闹非凡的藏地城市体验他们的另一种生活。在那些遥远的地方，我和队员们深深地被那里发生的故事震撼着、感动着。在我们的印象中，藏地是神秘的：雪域高原，神山圣湖，等身长头、藏医藏药、经幡风马。但在藏地的三年巡诊中，走遍神山圣水，我改变了最初那些浪漫的想象，感受的却是另一种历历不忘的现实。

在藏地，人对大自然宗教般的敬畏，那种神性的诗意和诗意的神性，是他们的一种自然状态。他们信奉大自然有神一样的力量，神的法力无边，神会保佑一切。

所以，他们珍惜大自然，爱护大自然，敬畏大自然，供奉大自然。即便是面对死亡，他们都认为死是一种轮回，死是在以另一种方式呈现。

在医疗队涉足的高原牧场，人性是美好的，人情是淳朴的，民风也是醇醇的，但因为宗教信仰的不同、文化理念的差异，我们的巡诊工作不是一帆风顺，有障碍，有曲折，但这种障碍与曲折，就像是在行进中遇到的一个个荒漠沟壑，经历的一次次颠簸和一次次摔倒而已。矛盾与冲突都是细微的，甚至是无形和看不见的。而正是这种细微、无形和看不见，承载着一种力量在相互交汇、交锋，最终交融。

藏族同胞们相信神的力量，相信佛法无边。他们对新的事物、新的科学，有一个从陌生到熟悉、从排斥到接纳的过程，这一过程的艰难，就是帮扶过程的艰难。这些文字中，洛扎曼巴、旦增喇嘛代表的是传承悠久、影响强劲的藏医学；解放军医疗队，代表的是医疗技术的现代化和创新性。但唯有二者共存，才能共赢共好，才能为牧区群众带来持久的健康。

# 悲伤的央日俄玛

她不太会讲汉话，专注地添着干牛粪，不时将一将垂在眼前的刘海。我们笑笑，她也笑笑。炉火一闪一闪，映在她古铜色的脸庞上，显得更加美丽而安静。煮着羊奶的小锅，飘出带有香味的热气，和着我们热情的话语，奶油味儿渐渐充满整个房间。

刚到央日俄玛村的时候，天色已经很晚了。在当地藏族老师才吉的带领下，我们找到了草场最远处的那栋牧民越冬房。拉珍欧珠和她的奶奶就住在那里。

门口的牧狗传递了信息。主人得知我们来了，并不愿意开门。才吉老师隔着门用当地的康巴藏语喊着："阿维果赛（奶奶开门），金珠玛米（解放军）来找拉珍欧珠的。"

"你们回去吧,拉珍不在。"屋子里传来一阵浓重的咳嗽声。

"奶奶,你就开门吧,金珠玛米只是需要再做一些检查,上次查了一些项目,没什么大问题⋯⋯"

才吉老师在门口百般解释,嗓子都快喊干了。我们解放军医疗队王队长也学着才吉老师,用蹩脚的藏语喊着:"阿维果赛,阿维果赛⋯⋯"

房间里先是有了一点动静,过了好一会儿,房门才有了声音。一位头发花白的老奶奶在门缝里露出半张脸说:"拉珍不在这里,你们看看就走吧!"

拉珍家的越冬房屋是用泥土砌成的,用木板隔了几个房间。靠右侧的那间是独立的,房门半敞着,里面堆积着草料和一堆干牛粪。主房的门缝里,有一股热气往外顶着。

跟在才吉老师身后,军医们一个一个挤了进去。房间比较破旧,但冲着门的地方比较干净,上面挂着一幅毛主席像。在藏族家庭里,这比较常见,牧民们常说,毛主席解放了农奴,让他们翻了身。

房屋的中间放着火炉,火炉里的火苗凶猛地跳跃着,小锅里的牛奶不断翻腾，呼呼地嘶叫。火炉旁摆着一张低矮的桌子，放着两副碗筷，显然是刚吃了晚饭还没洗刷。这两只碗向我们告了密。

我们故意等了等，四下观望。奶奶允许我们在屋子里寻找拉珍，但巴掌大地儿，确实看不到人影。奶奶斜倚在床上，一边咳嗽一边用手绢捂着嘴说："我说了，拉珍不在。"

"奶奶，拉珍一直是个特别听话的孩子，放了学都是早早赶回家给您做饭，我又不是不知道，她去哪里了您就告诉我们吧！"才吉老师没有注意到桌子上摆着两只碗，真以为拉珍不在。但奶奶对才吉老师的话并不回答，而是抓起了转经筒。

我们站在那里，找不到拉珍，并不打算离开。过了大约半小时，屋子里一直保持着静默，只有奶奶粗糙的喘气声起起伏伏。

忽然，隔壁草房里传来窸窸窣窣的声音，才吉老师转身就跑了过去。在那间半开的木板房子里，从墙角的干草垛里，才吉老师揪出一个小孩，正是拉珍欧珠。

拉珍战战兢兢地躲在才吉老师身后不敢进屋，显然，藏起来是奶奶的主意。才吉老师拉着拉珍的手，我们军

　　　　　　　　　　　　悲伤的央日俄玛

医一行人重新挤在屋子里。奶奶见我们找到了拉珍，并没有太多反应，只是咳嗽得更厉害了。医疗队的护士长赶紧坐下来，不停拍打着奶奶的后背。也就是这个时候，拉珍就安静地坐到了火炉旁，一声不吭地添着牛粪。

我们把检查器材都带了过来，要给拉珍重新采集血液样本。奶奶不顾咳嗽从床上强行下来，她一把拦住，情绪开始变得激动，一直在问："怎么啦？拉珍怎么了？"

"奶奶，您先别急，拉珍没事的，就是有点发烧。"才吉老师拉着奶奶的手安慰道。

"不过，我们很想把她带回去。"王队长让才吉老师翻译给奶奶听。奶奶立刻不愿意了："拉珍没病你们带她回去干啥？拉珍没病。你们就回去吧！"

"奶奶，您听我说，他们都是特别好的金珠玛米，回去就能把拉珍的发烧病治好，这样就不影响她的学习了！"才吉老师急切地解释。"不用不用，我们去问寺庙上的人，名字是寺庙起的，病也要到寺庙问。"奶奶头也不抬，固执地回答。

暂时安静下来，稳一稳，但发现了患者就不能放弃。巴塘牧区不少牧民患有肝包虫病，这是一种非常可怕且顽固的疾病，我们的愿望，就是要把这里的包虫病患者治愈清零。

经过上次检查，我们初步断定，拉珍的肝脏，而且在骨髓和脑子里已经长有包虫。才吉老师说，拉珍经常头疼得无法上课，而且随时会发高烧，这正是包虫对人体免疫系统的破坏所致。

见奶奶态度坚决，才吉老师悄悄地走过来对我们说："要不我们改天再来吧，等哪天奶奶想通了我们再接拉珍也行。"

"不行，今天带不走拉珍，她这病情再耽误就麻烦了。"王队长坚持着，然后又对奶奶说："奶奶，我们保证不给拉珍打针吃药，只是要再进行一次检查，检查完了就立刻把她送回家。"

看来实在拗不过去了，奶奶终于抬起了头，慢吞吞地说："你们可以带走拉珍，但这需要寺庙的同意。"

医疗队来到藏地之后，这样的事已经碰到不少了。在偏僻的高原牧村，鲜有现代医疗技术进来，牧民生病的时候，习惯于去寺庙向僧人问求祸福，或得到藏药的救治。要想更改这千百年来的医俗，不是一朝一夕的事。但是，在一些靠近城镇的牧村里，在先进信息的影响下，很多牧民已享受着现代医疗的保障。央日俄玛村还不行，这个横亘在唐古拉山山脊的空气稀薄的牧村，医疗队需要付出更多的耐心。

王队长问才吉老师，最近的寺庙有多远。才吉老师说开车要四五个小时。王队长说："那我们去，不能再耽误了。"奶奶看了看拉珍又看了看我们，然后拉着才吉老师的手说："你们一定要把拉珍送回来，一定要把拉珍送回来！"

拉珍安静地坐着，用黝黑的大眼睛看着王队长："叔叔，我怎么啦？""没事，拉珍，我们回去再给你检查。"一向擅长和病人交谈的王队长此时一声不吭，他实在不知道怎么回答才能给孩子一个合理的解释。气氛又开始变得沉闷，我们才从拉珍家急急赶去寺庙。。

寺庙的僧人仔细地和才吉老师交流。我们虽然听不懂，但能看得出才吉老师和他们辩论得很激烈。最后，才吉老师把王队长头上的军帽取了下来，指着上面的军徽激动地大声说道："金珠玛米（藏语，解放军），金珠玛米！"

谢天谢地，看在拉珍的病情上，僧人们终于放弃了自己的观点。一位上了年纪的僧人走出来说："将生命从病痛当中解脱出来，挽救他们，这是对生命的再造之恩，

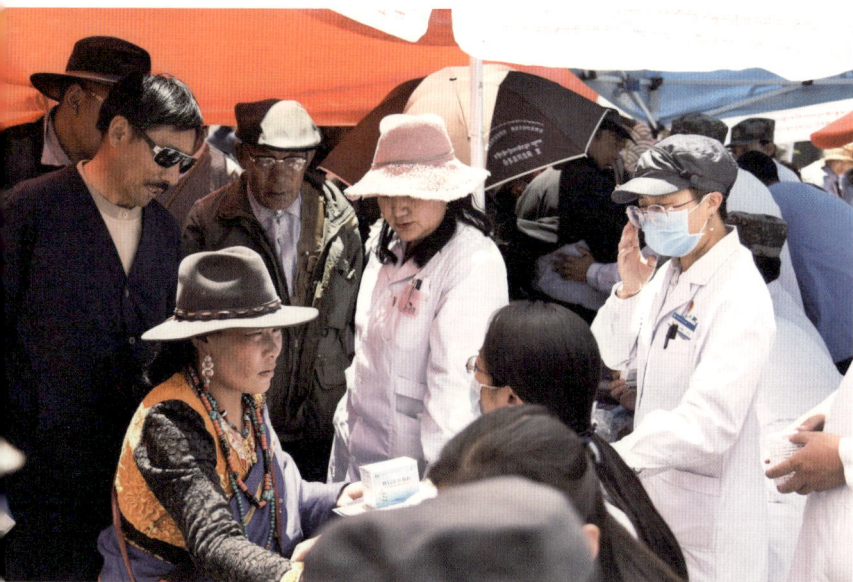

牧区巡诊

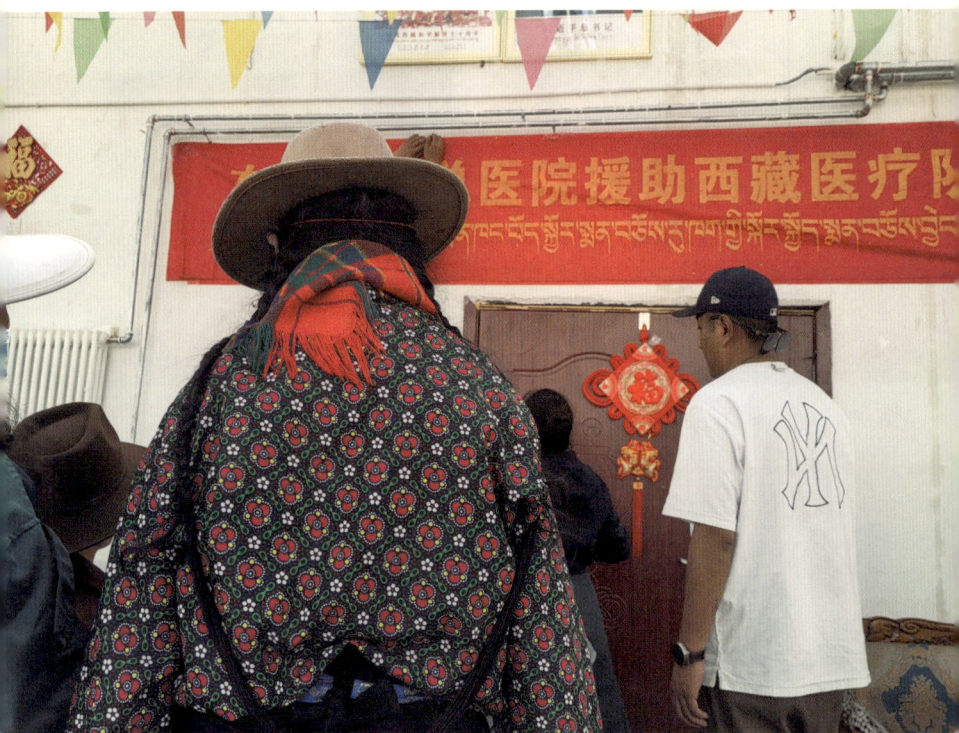

牧区巡诊

功德是极大的。"

检查顺利进行，但拉珍不愿意同我们一起去医疗队，她要跟着才吉老师回学校去。"这样也好，不必承受漫长的颠簸。"护士长说，"虽然我们有能力和死神搏杀，但在这遥远的高原上，要想把拉珍这样的病人救下来，实在太难了，这不是靠着医术和勇气就能解决的！"

我们的仪器具备野战条件下的基本检测功能，根据检查结果，专家们进行了会诊，决定先对拉珍肝部的包虫进行切除。但是，即便寺庙同意这样的治疗方案，要给拉珍动手术，也必须得到奶奶的同意。在手术流程，这是必要的环节。

"我不建议再把拉珍送回去，要立即进行手术，如果再耽搁，就会错过她的最佳治疗时间。"王队长最后下了结论。

"要不先让拉珍住到学校，我放学之后去找奶奶说这件事，拉珍不回去的话，奶奶肯定会着急。"才吉老师说。

"也只能这样了，拜托你给奶奶解释清楚，我们忙完了就开始做准备工作，奶奶那边一同意，我们就立即为拉珍手术。"王队长紧紧地握着才吉老师的手说。

"嗯嗯，拉珍是我的学生，我会尽力的！"为保险起见，严谨的王队长还特意将拉珍的病情写在笔记本上，又做了一番详细的注释。。

但是，才吉老师第二天一早就告诉我们，她在奶奶家无论怎么说都没用，奶奶都不愿意听，只是一个劲儿嚷嚷着让拉珍回来。

接连好几天的奔波，才吉老师也病倒了，这件事开始变得糟糕起来，我们不得不赶往学校。

"才吉老师今晚就把拉珍送回去吧!"王队长考虑半天，还是先妥协了。毕竟，尊重是最重要的。

"可是送回去就……"一直没吭声的护士长说。

"解铃还须系铃人啊!"王队长很无奈地说了。护士长显然有点生气，手里拿着一堆文具，有些生气地往拉珍的书包里塞。

他们决定马上赶到奶奶那里去。幸亏来得及时，刚走到门口，就听到奶奶剧烈的咳嗽声。这些天，她咳嗽的症状越来越严重。我们一边帮奶奶倒水，一边替她做检查，还好奶奶只是普通的感冒，这让我们放心了很多。

不管奶奶愿不愿意吃，王队长还是给她开了药，并嘱咐拉珍用法用量。等奶奶咳嗽平静了一些，拉珍把我们的话翻译给奶奶听，奶奶一会儿点点头一会儿摇摇头，对于这些医学名词，真不知道是听得懂还是一点也没明白。

但是，当奶奶听到拉珍需要做手术的时候，立刻变了脸色。她推搡着王队长，喘着粗气大声呼叫，示意我们出去。拉珍可能很少见奶奶发这么大脾气，吓得悄悄躲到我的身后去了。

回到驻地，晚饭吃得味同嚼蜡，很少抽烟的王队长大口大口地吸着烟卷。我真担心他抽多了会有高原反应，想制止却不知道该说什么好，只希望他能好好调整。

坐了许久。一阵手机铃突然声响了起来，护士长接了电话就对着王队长喊："快走，快走!"

"怎么了?"王队长腾的一下坐起来，"出啥事啦?"护士长晃了晃手机，不紧不慢地说："拉珍来电话了，我们得去她家。"

王队长一挥手，大家赶紧进屋收拾装备。车子朝着拉珍家一路飞奔而去，我好几次都快被甩出来了。

"拉珍怎么给你打电话?"我问。

"奶奶咳嗽得厉害，自己又不知道咋办，所以找我们咯!"护士长说。

"我是说拉珍怎么会有电话，还有你的手机号?"

"我给的啊!"护士长说,"今天走的时候我把那个棒棒机(功能机)给她了,里面只存了我的电话。"护士长来的时候带了两部手机,已经淘汰的诺基亚待机时间长,信号也好。

"你那么敢定拉珍会给你打电话?"王队长也很好奇。

"奶奶咳嗽得比较厉害,我看了看,她的藏药也没有了。她不愿吃我们的药,情况肯定好不了。"

幸好我们到得比较及时,奶奶咳得已经吃不下东西了。我们把奶奶背上车,车一动她就开始呕吐,到野战医疗指挥所的时候,她已经有些昏迷。

王队长不再征求奶奶的意见,直接给奶奶打了点滴。慢慢地,奶奶开始有点意识,嘴里轻声嘀咕着什么。

"奶奶说饿了,想吃东西。"拉珍说。

"好好,我这就给她做,我真怕她说不让给她打点滴呢!"护士长兴奋地跑去厨房,不一会儿,端着一碗热腾腾的汤面进来了。

可能是长期服用藏药让细菌产生抗体,换了药物后,奶奶的身体恢复得出奇快,很快,她就不咳嗽了,连喘气都感觉轻了许多。奶奶不再刻意躲闪我们,护士长靠近了一些,开始给她喂饭。

吃完一大碗汤面后，奶奶的气色好了许多，苍黄的脸颊上露出一抹血色，眼睛也变得有神了。"拉珍。"奶奶把拉珍叫到跟前让她做翻译，接着，奶奶和我们聊起了家里的往事。

"我儿子在的话，也应该和他一样大了。"奶奶指着窗外的王队长。

原来，奶奶的儿子，也就是拉珍的父亲，几年前去世了，不过奶奶告诉村里人是走丢了，所以大家一直以为拉珍的父亲是失踪了。

"你为什么不告诉大家事实呢？"

"他得了很厉害的病。"奶奶看着窗外若有所思。

"生病去世的吗？"我蹲下来，仔细盯着她。

"是的，我连他最后一眼都没看到。"奶奶哽咽了。

奶奶说，儿子是个朴实勤劳的人，自从拉珍出生以后，他每天都早早起床放牧。突然有一天，这位身体结实的汉子一头栽倒在自己的牧场。奶奶不清楚自己的儿子到底怎么了，几乎每周都要步行一天到寺庙向活佛拜求藏药，希望能治好儿子的病。但事与愿违，儿子很快就死了。临死的时候，儿子的肚子炸开了，黄色的脓水流了一地。

悲伤的央日俄玛

"那就是典型的肝包虫脓液，拉珍身上的也是，这个病是传染的。"不知什么时间走进房间的王队长对奶奶说道。

"我不想让拉珍动刀子，动了刀子就上不了天堂。"奶奶又情绪低落起来。

自从两年前站在这片纯洁的高原草场里，我就频繁地想到一个问题，信仰是什么？直到遇见奶奶这样的人，我对这个词才慢慢清晰。

拉珍的病情比较紧迫，我们再次提到带拉珍回内地治疗。一听这个话题，奶奶已经红润的脸色立即又变得苍白："草场上的羊群从来不会离开自己的家园。"然后便不再说话了。

这样反复经历了一个星期，奶奶既不同意我们立即为拉珍实施手术，也不同意我们带拉珍回内地医院。而奶奶自己的情况却越来越凶险。

所幸奶奶还能留在医务帐篷里做保守治疗，尽管收效甚微，但我们也没有放弃努力，护士长每天一趟跑去做奶奶的救护，其他医疗队员则开始巡诊其他的牧村牧户。日子一天天在牛羊的啃草中度过，而奶奶的生命迹象却明显地一点点地暗淡下去。

又是一个星期过去了，奶奶的情况更加恶化。一个晚霞漫天的傍晚，她昏迷过去，然后再也没有醒来。

奶奶的天葬定在第四天一早，才吉老师说，有了四天的时间过渡，奶奶的灵魂就能顺利地升到天堂。我们焦急地等到第三天傍晚，便在才吉老师的带领下赶到拉珍家。我们到达时，天色刚黑，拉珍刚好从外面回来，浑身都是草末，她去寺庙和负责天葬的阿卡（僧人）说事了，奶奶要去天堂了，还是要到寺庙去做个完结。

奶奶说，没有动过刀子的人才能升天。拉珍仍是天真的表情，看到大家都伤心落泪，逐个抚摸着我们的双手："奶奶是到了另一个世界去了，不要流泪，不要难过。"但她的眼角分明也是湿润的。

我们就守在炉火边，奶奶瘦弱坚强的身体被放置在土炕上，她的脸上蒙着一张印有荷花的手绢，那是前几天护士长送给拉珍的。

凌晨时候，有两个牧民赶来了，一个斜披着羊皮的壮年男人和一个穿着利索的年轻小伙子。他们进来后和奶奶以前一样，也坐在火炉边诵经，他们是被请来帮忙的。

我有点熬不住，诵经声催得眼皮打架，一歪头就坐在那里睡着了。

天近黎明时分，一阵窸窸窣窣的声音把我吵醒，拉珍牵来一头小羊，壮年汉子接过羊绳，然后一把抱了起来。小羊是拉珍的伙伴，是来陪伴奶奶的。小伙子则拿出一个捡拾牛粪的布袋子，在暗红的炉火映照中，就像往袋子里装一床薄薄的棉被，把瘦弱的奶奶塞了进去。队长问他需要用救护车送过去吗，小伙子摇了摇头，看来他听得懂汉语。

大门打开了，一阵凉风吹进来，我禁不住打了一个寒战，双腿止不住地发抖。王队长拍了拍我的肩膀，我才意识到自己过于紧张了。

小伙子一甩手就把布袋子搭在了肩上，向着门外走去。从木屋出发，向着远处的高山前进，光线越来越明亮。晨雾中，有许多漫步的牦牛和在高原才能见到的美丽花朵若隐若现。刚刚下过雨，上山的便道积满了晶莹的水汪。风特别大，一种又湿又冷的微粒，从身边飘过。极力远眺，穿过云雾，隐约可见远处高山上的白雪。

一个小时后，我们到达了山顶，那里是一处石头堆砌的平台。几个从寺庙赶去的阿卡已经到了，他们正在默诵经文。

平台正中央是一块巨大的木板，像是镶嵌在那里的。木板的边缘，还散落着一些细小的碎骨头，这些遗留碎骨的人，已经抵达了天堂的最高处。奶奶的灵魂一定也会是这样。

奶奶躺在那里。那是毫无血色的肉体，蜡黄而瘦弱。奶奶的头发被捋到一边，年长的阿卡将那躯体铺平，展开四肢。

诵经的阿卡们在奶奶周围围成一圈，那些我们至今难懂的经文，在预祝着奶奶灵魂的升扬。年长的阿卡把肩上的工具包取了下来。他拿出一根洁白的绳子，那是用纯白的羊毛做的，绳子上系着五颜六色的布条，异常绚丽。

奶奶仍是平静的面容，仿佛她还是那个可以保护拉珍的老人。我开始忍不住流泪，眼泪就像两条线一样顺流下来，队长也背过脸去，毕竟几天前我们还在一起，还曾在心里埋怨过她的啊。

阿卡们操作着，默诵经文的声音也越来越大。我们的头顶也有了动静，小伙子抬头看了一下天空，对着那个年长的汉子说："它们来了。"

天空中，几只秃鹫正在徘徊，很快它们越聚越多，呼啦啦落在了人群四周。才吉老师说，这是阿卡念诵经文引来的天堂使者，会带着奶奶的灵魂飞升天堂。

年轻的牧民用藏语向拉珍说了一通话，但拉珍没有表示出任何表情。年轻牧民继续他手里的工作，秃鹫瞪大眼睛，躁动着踱来踱去，距离我们不过一米多远。我下意识地挪了挪地方，走到了那个年轻牧民的身后。

大约半个时辰，秃鹫的情绪越来越差，它们恶狠狠地直逼人群，那个小伙子则安慰它们："不要着急呦，不要着急呦。"

人群现出一道缝隙，秃鹫们冲撞着挤了进来。它们的喉管粗大，吞噬声像闷雷一样地响着。

壮年汉子看了看我们，用藏语冲小伙子说了一通话，小伙子笑了下没有回答，然后我们就开始往山下走。

半山坡上，远远看到一辆皮卡车，有两个穿工作服的人站在那里。他们是另外一个乡镇卫生院的引导员过来接我们的，因为奶奶和拉珍，我们推迟了四天的巡诊计划。

汽车行驶在蜿蜒的山路上，山路很窄，也很险。司机是卫生院的办公室主任，开车技术一流，但路况太差，我们跟过山车似的，上下起伏的跳跃着，倘若从后面看，车一定像长了翅膀的那样一起一落。

车子越爬越高，所有的阴霾在通往山顶的路上开始融化了。空旷的大地上，一座座铁红色的、黄色的、绿色的山，还有满是砂石和贝壳的土堆。这些都是大自然的造化，远远望去是一片湛蓝的湖水，阳光下蓝绿色的高原湖静静地躺在群山之中，云彩在潋滟的湖面上留下斑驳的影子。

再往前，远处是皑皑雪山，云朵环绕，时而云蒸雾涌，时而山顶云封；近处有金灿灿的牧场，几条小溪飘落其中。

晚上，我们住宿在一处废弃了的牧民越冬房里，天寒地冻，我们没有任何取暖设备。工作人员要给我们生牛粪炉子，牧民们也邀请我们去有牛粪炉子的人家取取暖，我们都拒绝了。尽管这片高原上的人还不能十分理解我们的工作，但这些淳朴的灵魂，让人难忘。

入睡时外面开始下雨，整整一夜，窗户外鼓点一样的雨声让我的睡眠断断续续。门外的流浪狗在狂吠，屋内老鼠在肆无忌惮地散步，睡不着的人会不时喊一嗓子，三分钟后，这些精灵们又开始窸窸窣窣满地乱转。

断断续续的梦境中，拉珍不停地出现在我的眼前，她浑身血污，或是囹囵着躯体，四肢的伤口渗出殷红的血液……

噩梦把我折磨得浑身是汗，我不敢再睡下去，半躺在那里呼呼喘气。王队长也醒了，又开始抽烟。我们都无法入睡，就开始聊天。王队长说："这些偏远的牧村，要想融入一种新思想，就需要有足够的耐心。只要时间够了，效果就会产生，比如今天，那两个牧民，已经对咱们的医疗方式有了疑问。"我说："那就是疑问嘛！"队长不以为然："即便是疑问，也比无动于衷好。疑问，就是接受的开始。"他接着说："天葬回来的时候，他俩说的话，应该是和关于肝包虫病的话题有关的。"原来，王队长也在惦记着这个事情呢。

漫无目的地聊到天亮，外面的雨也开始歇息了，只有规律的滴答声落在房顶的木板上，就像钟表一样，响在遥远的暗夜。司机大哥早早就过来串门，说再有一天行程，就能抵达目的地了。

远方有新的任务，我们决定尽早赶路。高原仍未醒来，越过一处高丘，远处的山村在云雾里闪出斑驳光亮。外面很冷，我把棉大衣紧紧裹在身上，勉强抵得住这刺骨的寒风。而拉珍呢，我相信她会来找我们，治好她的包虫病。而她亲爱的奶奶一定会灵魂进入天堂，在雨云之上的晴空中，她再没有这些尘世的烦恼了。

发表于《通天河》2019年第11期

# 趟过扎那河

太阳还没有完全升起，茁壮的光线在雪山后面四散漫开。冈耐神山已经醒来，正高高地看着措忠在帐篷门口熬制着一锅奶酪。那是一家人一周的食物，除了奶酪，风干的牦牛肉早已摆好，那是大儿子扎西叶加最爱吃的食物。扎西已经二十多岁了，但天生失聪，因为缺少产检和科学助产，这种天生的疾病在牧区较为常见。

扎西的牦牛群已经快要吃饱了，他们赶在天亮之前就出发了。扎西虽然耳朵听不见，但放牧是把好手，他注意力专注，并能把牦牛群调教服帖。牦牛喜欢带着露珠的嫩芽，扎西知道它们的饮食习惯。

刚刚经过的摩托车队伍惊动了措忠，那些白大褂的医生她熟悉，但那些军装她不明白。这是我们的军事援藏医疗队，我已经是第三次随医疗队援藏了。但是到措忠家里巡诊还是第一次。

虽然隔着一条河就能看到措忠家的炊烟，但要在崎岖的山路上到达，尚需一段时间。高原的能见度很远，你双眼能看清的，双腿往往半天走不到。

我们一共四辆摩托车，正困难地蹦跳在悬崖峭壁和乱石之间。加足马力的摩托车轮躲闪着在乱石上穿行，我和杂多县苏鲁乡卫生院的医生尼玛扎巴共乘一辆摩托，他是个老驾驶员。摩托车才不管他有多老呢，把他弄出一身汗，尼玛扎巴只得大喊着告诉我："王曼巴（藏语，医生），我的身子会来回晃动，你要紧紧抓住扶钩！坐直了就好，要不我们都会摔进扎那河里！"

我倒是没有掉进河里，但摩托车走了一半的路程，我这个"曼巴"却被颠下来三次，不得不紧跟蹦蹦跳跳的摩托车，背着药箱在悬崖边的山道上一路小跑。因为需要紧紧抓住摩托车后座，军医院的肝胆外科专家一双拿手术刀的手也磨出了水疱。看着军医们的"狼狈"样，带路的新荣村村医布尕却告诉我们：今天这已经是最好的路况了，如果碰上阴雨天还要更难走，可能要多出一倍的时间。

要去措忠家，就必须先过这条扎那河。守候在溜索道口的是另一处帐篷的主人格尕，她站在山顶，远远就望见了曼巴的摩托车队伍。

摩托车队陆续停了下来，认真点了点人数，格尕便转身跑回帐篷，把雨衣裤找了出来。修建溜索之前，牧户外出，全靠穿着这套连体雨衣裤蹚过扎那河。看着有人过来，格尕需要用溜索把雨衣裤递过去，等有人蹚过河来和她一起拉动锁链。格尕年龄大了，身体又带着病，她自己是拉不动一个成年人的。

翻山越岭的摩托车陆续到达，集中在格尕家对岸的溜索道口。虽然隔着扎那河，彼此没有语言交流，但大家都知道需要做什么。雨衣裤在溜索上滑了过来。乡卫生院工作人员桑杰丁增抢先穿起雨衣裤，在河边来回走动寻找合适的过河地点。水流湍急，河水又太深，桑杰试验了几次都失败了。

仗着有一点水性，我说我来试试。桑杰摇着头说，今年雨水太多了，河水涨高了，只有鱼儿能游得过去，雪域的雄鹰都飞不过去，你这个汉人更不行的。

看着曼巴无法过河，格尕转身向帐篷跑去。桑杰说，她是喊人去了。果然，不大工夫，格尕身后又来了两个年轻妇女，但是一个还抱着娃娃。

边境线上

边防哨所

看这情形，村医伊西朋措第一个挂上了溜索。看到我们愕然的表情，伊西朋措转头说：她们几个都病着呢，哪有力气拉动一个魁梧的男人？每次碰到帐篷里的男人们不在家，他都是自己攀爬着索道绳子过去。在溜索板上坐好后，伊西朋措双手反吊、攀缘着溜索绳，在急流之上爬到了对岸。

接下来，医生们一个个溜过了扎那河上的简易溜索。打开医药箱，他们在宽阔的草地上为留守帐篷的两家牧人和孩子们展开了细致的诊疗。抱孩子的仁青卓玛说，孩子经常发烧，精神有些不好。医生们了解到，孩子是在八个月时早产，体质一直很弱。军医院的妇产科专家鼓励仁青卓玛说："你最好能够保持母乳喂养，这样能更好地增强孩子的体质。"因为短时间内无法根治这些症状，医疗队最后只能为孩子留下药品，并叮嘱仁青卓玛，一定要按照要求给孩子服用，并希望她带着孩子去县医院治疗。

五十多岁的格尔两腿风湿性关节炎比较严重，巡诊队带来了很多疗效不错的膏药，军医将治关节炎的药全部留给了格尔，并告诉她一些缓解的方法：一定要注意晒太阳，并用炉火温烤腿部。

接下来就是要去措忠家了，这是居住地点最为偏僻的一家，乡卫生院的人说，即便是本地村医，也只能一年去看望他们一次。这样的牧户是我们的巡诊重点，我们的目标是一户也不能落下。

我们一行人步行前往，翻过两个山头，又遇到一座浮桥。尼玛扎巴医生说，这就是高高的那久沟浮桥。尼玛扎巴带头过了浮桥，其余人员战战兢兢跟在后面。一位身背仪器的超声科专家过去很久，双腿还一直打战，就在刚刚，乡卫生院的医生尕玛桑周为了保护他，自己却跌进了湍急的河水里，现正躲在山石后面拧衣服。

浮桥的另一端，正是措忠的帐篷，尼玛扎巴介绍说，措忠还有一个小儿子秋加，情况十分不好，这让他一直放心不下。

秋加躺在靠门的床铺上，他已经十多岁了，但是从生下来就双腿绞在一起，无法直立行走。这是一个典型的脑瘫患者，医疗队王队长希望能够通过针灸治疗给予改善，但在检查骨骼后发现，由于变形严重，秋加已经错过了最佳治疗时期。帐篷门口的床铺分给了秋加，阿爸阿妈这是为了让秋加能看到外面的世界，能看到远远的冈耐神山山顶。秋加对军医们的到来，没有任何异样的神情。措忠说，秋加基本不会说话，不会表达自己的感情，至于他在想什么，只有神山知道。

军医们为秋加做了一些必要的检查，但对他的病情无能为力。

措忠有好几个孩子，专家们一一检查了他们的身体，叮嘱了注意事项，记录下他们的健康情况，做了存档备案。

从朝阳初升一直忙到夕阳落下，在牧民们依依不舍的送别中，医疗队开始返程。虽然一天只吃了一顿简易的野外午餐，但苏鲁乡的牧民们留给医疗队的感动，却充盈着每个人的心。在苏然溜索、在那久沟桥、在神山脚下，每一个片刻，大家都深深触动，每一个瞬间，大家都不会忘掉。

我们的任务区在玉树藏族自治州杂多县，一片横亘在唐古拉山北麓的地方。自从医疗队进驻，这样的巡诊是常有的事。我们巡诊的首要任务是清查牧区群众身上可能存在的肝包虫病。在高原，数支军事医疗队正开展逐户排查并展开救治工作。

按照每年一个重点乡的计划，我们今年的巡诊重点是面积多达一千七百三十平方公里牧区的苏鲁乡。在苏

趟过扎那河

鲁乡，常年服务的只有五名乡卫生院曼巴以及六名村室曼巴，他们分布在三个牧区卫生室，最远的卫生室离卫生院一百二十多公里。乡卫生院每年分配的医护人员，因工作环境偏僻、偏远，道路崎岖险峻，条件太过艰苦，很多人选择离开。苏鲁乡卫生院四面都是高山林立，每年，曼巴们都要不分冬夏在各医疗点为牧民进行健康宣讲，虫草采挖结束后还要进行巡回医疗。冬季，大山里的牧民会被马肚子高的积雪阻挡出行的路，药品匮乏，就医困难。每到这个时候，曼巴们就用马给牧民送医送药送健康。

医疗队进驻之后，制订了详细的巡诊计划。但巡诊之路，常常山道陡峭险峻，只能骑摩托或骑马前行，像新荣村的那些牧区，还要借助溜索。在崎岖的山路中，摩托车常常翻倒，一次巡回需要二到三名队员分组巡诊，一次进山的周期为五到十天，出山休整后再次进山，要分三四次才能走完一个村分散居住的牧民，其间要翻越数座大山，从一户牧民家到另一户牧民家往往需要三四个小时。在巡回医疗中，要过冰河翻越大山，高原的天气就像娃娃的脸，一会儿下雪，一会儿下冰雹，还伴随着雷雨，走悬崖过峭壁，人和马随时都可能失足落入深渊。没有人埋怨这些，对医疗队来说，牧民们朴素又简单的眼神和淳朴的笑容，还有热情的拥抱，就是最好的收获。

也许在一些人的眼里，医生并不一定是最有光彩的职业，但我仍相信医生是这个世界上最有温度的群体。在藏地的日子里，我对同行们深深钦佩，那些坚守在偏远牧区的村医，曾久久让我不能忘记。苏鲁乡山荣村村医才加今年五十岁了，从十八岁时他坚守大山里的村卫生室，至今已经三十二年了。才加说他也可以调到乡镇卫生院或者县医院去，但他不能去。才加不能去的原因是他可以自己制作藏药。三十多年来，才加一直坚持为牧民免费送药治病，往来的路人，只要病了，在他那里拿药也是免费。才加说，他不敢想象大山里没有了他会是什么样子。才加有一份工资，财政部门每年给他发放八千元工资，这些工资才加没有自己用掉，他全部都用来购买配制藏药的必需品了。

在藏族的传统文化中，把医生置于和父母神佛同等的敬仰之地，就是把医生当成了自己的父母、自己的神佛。因为医生是这个世界上最无私最有人性温度的施爱者，所谓医者仁心，即如藏地的每一个"才加"，医疗队的每一位"曼巴"。

在高原每一户牧民都沐浴在这样的温暖大爱的时候，那些来自大城市杀医案的报道，无故辱骂甚至殴打医护人员的医闹，以及一些偏见者言语之间流露出对医生这个职业的轻视和不屑，更显得触目惊心。

行走在高原的这些日子，我很坦然，也很感动。诚然，他们的生活条件还较落后，还需要更多关注和帮扶。但作为受扶者，他们懂得对医生这个职业的尊重，懂得对社会和他人付出的感恩，这样的地方，即便再遥远，也充满着希望。

发表于《青年文学》第2019年第7期

# 珊瑚玫瑰

在我的办公桌上，一直摆放着一块从阿里边防带来的石头。从外观上看，这就是一块普通的红褐色化石，但了解的人都会说，这是一朵泣血的珊瑚玫瑰。

这是一个边防女军医送给我的。她在阿里高原上已经工作了三十七年，起初她是内地一家军医院的援藏军医，后来因为一次触及灵魂的事故，她选择了永远留在这片高原。

我和她毕业于同一所军医大学，还是学生时代，我就听说了太多关于她的感人故事。于是，她也就早早成为我职业生涯中膜拜的对象。进藏之前，我所在单位的领导——她曾经的同学，建议我前来向她拜访学习。

出乎意料的是，她并没有像接应我们的人员那样，见面就强调在高原工作应注意的事项，而是耐心地反复告诫我，在为边防官兵巡诊时，一定要细心细腻，不仅要会医他们的病，还要会医他们的心。她说得简单直接：边防战士一年到头见不到个异性，他们的内心会产生某种负面情愫，一定要和他们多聊天，从中化解他们心灵上的郁结。可能看出了我对这个话题的诧异，于是，她从桌面上拿起这块褐色的石头，讲起了那段久远的往事：

那一年六月，我也是刚进藏。因为感到新鲜，就趁着周末和几名军医同事相约去一处边防垭口，在高原上，垭口上总有迷人的风景。我们乘坐两辆边防连队的越野车，陪我们去的是几名边防老兵。我们一路上都处于兴奋之中，大家簇拥在一起谈笑风生，甚至大声唱起歌来，这让那些年轻的"老高原"们很是不安，他们不停"警告"我们，唱歌说话太消耗氧气，容易高原反应。但是，他们越紧张，我们就越兴奋，我们几个女生看得出，这些小伙子们很想和我们聊天，只是非常羞涩。我们当然不会听他们那些所谓的"警告"，而且还借机挑逗他们，这对于我们这些大城市的女孩子来说，不是难事。当然，也有一位老兵显得格外不合群，他坐在副驾驶位置上，不但对我们一句话没有，而且一直把脸扭向窗外。我当时还想，这个老兵那么傲气，我可不喜欢。

丰田车跳跃过羌塘草原，越过一座座说不出名字的雪山。大约中午，越野车登上海拔五千二百六十六米的高山垭口。驾驶员将飞翔般的车熄火停下，我们的目的地就算到了。

仰望着千年冰川原驰蜡象，看着远处飘舞的五颜六色的经幡，酷爱美景的我兴奋得顾不上同伴，一个人率先跳下车，直奔经幡旁的皑皑雪堆。

雪地一望无垠，天地间只剩下身后的呼喊，天空中压低的一只苍鹰，从我头顶擦过。我看到几名边防战士向我呼喊，但我什么也听不见，我被这美景陶醉了，情不自禁张开双臂，向前跑去。但突然，我感到头发梢被一股清冽冷空气撩起，突然脚下踏空，肩膀往雪地栽去。

咔嚓 —— 噗噗噗 —— 接触大地的瞬间，有一种失重的眩晕。紧接着，我感到一股力量，在向大地深处飞翔，我成为一只鸟，或者一条鱼，我伸出胳膊，向明亮的云朵挥舞，我想留在原来的地面。耳中进入寒冷的冰雪，让我突然意识到前所未有的危险。我接触到大地的时候，已经在一条陡峭狭长的雪谷中，只看到远远苍鹰飞过的黑色阴影。

我的耳朵在出血，我来不及考虑，放开嗓子大喊：

"我在这里，快救命！"雪地缝隙中却只是发出一片暗哑的回响，我害怕地发起抖来。我仰头看向那片出现过翅膀阴影的方向，看向刚才跌落的小小椭圆形的地面。

可能没有人会发现这个地方，会有这么一个窟窿。同事们会找到我吗？我会死在这里吗？我的身体感到透彻心扉地冷，我努力告诉自己不要恐惧，不要紧张，保持安静。我托住耳朵，想听到那天空的鹰鸣，想听到同事们四面寻找我的呼喊。

这样的愿望变为仰望，天空只剩下一条狭窄的光亮，连阴影都没有了，仿佛一个无限放大的惊叹号。而这时，我也终于明白发生了什么事情。原来，我最初看到的那片雪，下面是一处山谷，尽管积雪非常厚实，但毕竟已是六月份，很多地方已经从内部融化了。于是，我一脚就从积雪的表层跌到了山谷里面。万幸的是，我没有跌到山谷最深处，而是卡在了两块岩石间。

正当我充满死亡恐惧的时候，头顶上忽然传来一个陌生的声音："军医！军医！"

我惊讶地望着来自惊叹号里的面孔：啊，竟是那位坐在副驾驶的老班长。

我呐呐而语。一瞬间，激动得眼泪都快掉下来了。但还不等我嘴里发出一个音，老班长毫不犹豫地跳了下来，膝盖磕在雪地上，弯腰匍匐，低声吼道："医生，上！"

我一愣，两手撑着峭壁，试图站起来。可是我的双腿在沁骨的寒气中一时失去感觉，我弯腰抱腿，使劲用胸口的一点热气去暖和冰凉的膝盖。我两腿的知觉恢复了，我哭着踩上老班长的背，可是地面如此遥远，我伸长双臂还是够不着。

不行啊，老班长。

老班长头抬起来，然后把背也抬起来："医生，上！"

我明白了他的意思，是让我站上他的肩膀。

我忍住眼泪，默默地扶住雪壁，躬身抬脚。沾满雪泥的雪地靴，踩在老班长的颈脖后，他的头向大地深处低垂着。我们都沉默着，紧张地探索最实在的落脚处。我的双脚终于站稳了，老班长的肩膀开始慢慢升起，我的视线开始慢慢升起，从坚硬的地缝，到明亮的空间……

车上的同事们围了过来，小心地站在雪壁长长的裂缝两侧，拉住了我的手、我的肩、我的臂膀，同事们将我拖出了阴冷的地缝。

地面真温暖啊！我被抬回车上，大家不理睬我的自

　　　　　　　　　　　　　　　珊瑚玫瑰

言自语，忙着找出绳索找出泡沫箱，找出可以救援的东西，向那个可怕的洞口奔过去。

"老班长，老班长！"我恍然醒悟过来，大声喊道。

老班长是在接到呼救信号赶来的第二辆军车到来后才被救起来的。他在把我顶出雪洞时，踩塌了那两块石头间的积雪而跌落到山谷的最深处。当战友们把他从山谷的积雪中刨出来时，他已经没了知觉。

严重的冻伤，让老班长的膝关节面临坏死。尽管医院条件有限，但医疗队和县医院的专家们还是竭尽全力为老班长做了最好的诊疗方案。老班长的膝盖算是保住了，但按照医嘱，还需要在医院悉心调养一段时间。

老班长是为了救我才受这么严重的伤，无论多忙，我也要抽出时间把他照顾好。于是，工余时间，我四处托人去牧场买回新鲜的牦牛骨熬汤；值班期间，我让护士站的姐妹帮忙炖来鸽子汤、鸡汤。

最初，老班长不肯接受我送去的营养品和炖汤，也不和我说话，我只好让老班长的指导员命令他接受这个特殊治疗，每天完成喝汤任务。

转眼一个半月过去，老班长的身体状况渐渐地好转起来，我们也逐渐有了一些简短的交流。但谁也没有想到的是，出院那天，老班长竟然向我提出了一个出乎意料的要求。

那天一早，我刚到病房，他就从病床上站起来，他似乎有点紧张，但很快从裤兜里拿出一块手帕包住的沉甸甸的东西。他打开那个手帕伸到我的面前，那是一块褐色的石头，上面长满了已被玉化的红色珊瑚虫。他说："这是一块普通的高原红石，是一朵珊瑚玫瑰。"

老班长示意让我收下。正当我犹豫是否可以收下这份礼物时，老班长有点紧张地对我说："军医，我可以抱你几秒钟吗？"

当时，我也有些紧张，但看着老班长无比真诚的黧黑面庞，我还是极其郑重地点点头。

松开我后，老班长说："为了不让你对我有坏印象，我告诉你这块珊瑚玫瑰的经历。"

原来，老班长曾是边防连军事素质最好的士兵，还曾在边防部队"虎贲杯"比武竞赛中，荣获掩体构筑第一名。更为自豪的是，老班长有一个特别漂亮爱笑的未婚妻，两个人感情非常好。

那年初夏，未婚妻刚放暑假，就千里迢迢从四川凉山彝族自治州辗转来到边防连。未婚妻给老班长送来亲

　　　　　　　　　　　珊瑚玫瑰

手编制的围巾、手套，自己却因为劳累缺氧，患上高原肺气肿。

那个时候经常停电，县医院供氧设备无法正常制氧，老班长只能选择让未婚妻转院治疗。转院那天，老班长正好有重要的巡边任务，便委托县医院的医护人员和连队卫生员代为照顾。

尽管是初夏，但在高原上，飘雪是常有的事，救护车在行驶到一处垭口时，因轮胎挤压雪堆导致车辆在山路转弯处打滑失去控制，车辆侧翻，车上四人严重受伤，老班长的未婚妻在事故中……

巡逻回来的老班长闻讯后，在雪地里徒步三十多公里找到那辆出事救护车。老班长见到未婚妻时，她已浑身冰凉，但她手里，还紧紧握着这块红褐色的石头。这块石头，是老班长在喜马拉雅雪峰上捡拾回来送给未婚妻的，它就像一朵含苞待放的花朵，于是老班长就给它起了个名字，叫珊瑚玫瑰。

遗体拉回边防连后，老班长找一块安静的墓地安葬了未婚妻，他一个人关门躲起来哭了三天，从此以后便沉默寡言，很少与人交流，在异性面前更是不愿意张嘴讲一句话。

也许是这一个半月的照顾，让老班长重新感受到了异性的温暖。我也清晰记得，在最近的那些日子里，他总是容光焕发，每次都尽心地把保温桶里的营养汤全部喝完。

讲完了自己的故事，老班长接着说："谢谢你这一个多月的悉心照顾，让我彻底走出了心灵的阴影，我虽然失去了自己最爱的人，但我也要面对生活。边防需要我守卫，家人也需要我安慰。和你的相处，让我不再恐惧与异性的接触，我决定告别过去，这块曾经见证过高原真情的珊瑚玫瑰，就送给你做个纪念吧。"

她说，第二年，老班长就退了伍，而他们至今都保持着密切的联系。而与老班长不同的是，医疗队在高原的工作结束后，她没有选择离开，她争取到了一个留藏的名额，一直工作到现在。

临别时，她把我送到大门口，然后把这个珊瑚玫瑰放到我手里："我还有两个月必须退休了，要回成都，后面的日子，你还有几年要待在这里，这块珊瑚玫瑰就由你来保留吧，想到它的故事，你会更懂得他们，更懂得这些边防军人……"

发表于《解放军报》2022年7月19日

# 挺进卡其那

## 1

接到卡其那哨所打来的电话时，何志飞正带领一支野战医疗队行走在海拔五千米的藏北边防线上。漫长的暴雪季提前到来，何志飞和他的医疗队着急完成全年的最后一次边防巡诊。

电话是卡其那哨所的哨长打过来的，语气火急火燎："我们一个老兵的妻子在哨位出现了早产的征兆！现在大雪封道，困在这里了！"

卡其那哨所是中国西部高原上的一个重要哨位，从哨位的机枪孔伸出脑袋就能看到对面国家的国土。何志飞所在的部队医院负责着这片高原的驻军医疗保障，何志飞是单位的医务处长，也是每年带队巡诊的野战医疗队队长。

巡诊圣湖脚下

巡诊途中

何志飞十年前就去过卡其那哨所。那里空气稀薄环境极其恶劣，天气更是古怪，常常是早上大雪纷飞，中午又烈日当头。当时，卡其那哨所比较小，只有一个班的兵力驻守，战士的住宿地是一顶班用帐篷，仅有的两间土房子是物品库房兼家属来队的临时居所。

那时，何志飞刚从军校毕业，就被分配到藏北某边防医院。巡诊路上，何志飞曾在那个帐篷里住过一晚，中午时帐篷内热得像个蒸笼，晚上冰雹又把帐篷打得砰砰响。凌晨的气温会低至零下三十多摄氏度，冰冷的空气刺得肺部直疼，身旁的武器手一摸皮都会粘掉。现在想想，何志飞依然有种要打冷战的感觉。

十年了，何志飞就再没离开过这座边防医院，他深知边防战士的不易，也努力地做好每一次巡诊。经进一步问询，何志飞了解到，老兵名叫徐志成，他孕期中的妻子临时来队，被突如其来的风雪困在了卡其那哨所。

他们尽管是最近的一支野战医疗队，但正在展开巡诊的地方距离卡其那哨所至少上百公里之遥。高原上道路崎岖，这里的百十公里往往意味着需要一天的行程，卡其那哨所没有多余的人可以护送孕妇下来，这个难题摆在了这支医疗队的面前。

何志飞环顾一下眼前的小分队，幸好，医疗队里的徐娓娓是一名产科护士，这让他感到欣慰。看了看表，已是下午六点，如果全力以赴赶路，第二天中午之前有望抵达，那样，被困的孕妇就会得到专业的医疗救助，安全也就有了保障。于是，何志飞处长果断决定：暂停巡诊，紧急驰援卡其那哨所！

巡诊计划的更改迅速获批，上级指示：克服一切困难赶往卡其那哨所，尽一切努力救援受困的孕妇，让守卫祖国边防的军人安心暖心；上级机关与野战医疗队建立实时联络，要求随时报告遇到的情况。军令既至，医疗队整装待发。

## 2

从医疗队目前所在地赶往卡其那哨所有南北两条线路，中间隔着一座大山。如果从南线进发，那就要翻越多个达坂，达坂虽然相对平缓，但全线冰雪覆盖，积雪平均厚度近一米，最深处达六米，雪封路段长约十几公里，很难通行；如果从北线进发，则要过一个山口，虽然坡度较大、道路较窄，但积雪相对较浅。根据往年的巡诊经验，何志飞和医疗队的几位老同志最后决定从北线进发。

最开始的路段比较顺利，靠着坚硬的路面和猛士车全副武装的防滑装备，车辆很快抵达山口最高处。山口是一个路况迥异的分界线，从这里翻下去，地形陡变，宛若梯田一样的山路弯弯曲曲盘满整个山坡。望着数不清的弯道，何志飞不敢大意，他死死盯着路面，在对讲机里不时提醒着后车："前方转弯，减速通过！""前方急下坡，注意安全！"……

临近山底时，无法逾越的障碍出现了，因为雪崩，道路中断了。何志飞一边搓着手，一边用一根钢钎猛戳脚下的坚冰，尽管道路被整体冰封，但它的坚硬度足够通过车辆，只是对驾驶技术提出了更高的要求。

跟随野战医疗队出来的驾驶员都是单位的红旗车驾驶员，何志飞对他们的技术充满信心，更对救援受困的孕妇充满热望，而时间又经不起拖延，看到钢钎只能在冰层路面上留下一个个白点，何志飞决定带车强行翻过山口。

做出决定是一瞬间的事，但走过这段极端危险的路却非一句话那么简单。摆在眼前的山体一侧临近悬崖，一侧紧挨峭壁，最宽处不过四米，勉强能通过一辆指挥车的道路也是雪厚冰坚，有的地方要倒好几把方向盘才能过去。

面对一车之宽的山路、千米之深的沟壑、满是冰雪的路面，最难的是回头弯，最险的是刹不住、最怕的是爬不动。为了确保安全，经验丰富的老驾驶员谨慎地翻越着最艰险的山口路段。他们相互鼓励：车辆加挂防滑链靠山行驶，宁可撞墙也不能掉崖；驾驶员不系安全带、打开车门，一旦失控立即跳车；带车干部抱着三角木跟在车后，随时准备处置突发情况！

"小心！危险！"首车正平缓行进着，一个大冰块突然从崖壁掉落，向着车辆快速滚来，眼看就要击中猛士车前轮。电光石火之间，驾驶员范开元双手紧握方向盘，减速、刹车、挂挡、倒车，动作一气呵成，成功躲避了滚石。大家悬着的心终于放了下来，长舒一口气。

为了最大限度地降低危险，何志飞站在悬崖边，打着手电用身体给驾驶员当路标，几名医生也没有停歇，他们拿着三角木和带车干部一起垫着车轮一米一米往前挪。

午夜的寒冷和高海拔的缺氧几乎让人窒息，站在悬崖边的何志飞很快便四肢发麻，手脚不听使唤。四驱猛士车不断打滑，激起的雪浪四散而飞，驾驶员瞪着血红的眼睛全神贯注，驾驶车辆一点一点往前挪，为了防止车辆滑下悬崖，驾驶员紧急时刻撞向雪墙，撞完才知道，看似柔软的雪比石头还硬。

雪崩的余威还在肆虐着，坚硬的雪块还在不时滑落，特别是距离山底的八到十公里处，连续都是上下坡，回头弯一个接一个，刹车晚踩一秒就可能冲下悬崖，方向盘慢打一下就可能撞上山体。

天气越来越差，雪花越来越密也越来越急，医疗队到达山谷最底部的时候，温度已经降到零下二十摄氏度左右。根据以往经验，再翻过一座由达坂余脉延伸的小山头就是卡其那哨所了，但暴风雪却阻止了这一切。

由于山路太险，实在无法再继续挪动了，车辆被迫停止前行。大家气喘吁吁地围成一团，焦急地期盼风雪赶快过去！但是，黑漆漆的夜里，呼啸的山风越刮越大，暴雪也越下越急，四下白茫茫的一片，没有一丝要停的迹象。

就在风雪中等待之际，卡其那哨所再次打来电话："孕妇已出现昏迷，情况万分火急，请火速赶来！"

走，山高坡陡、风急雪大，一不小心就可能车毁人亡，等于拿医疗队员们的生命去冒险。等，一线哨位官兵家属面临危情，拖得越久风险越大……

## 3

作为现场指挥员，看着风雪中的车辆和官兵被大雪染白的身影，何志飞毅然决然再次下了决定："车辆原地待命寻机翻越！人员携带装备徒步前进，必须在中午之前抵达卡其那！"于是，大家赶紧卸掉行李装具，面对肆虐的暴风雪和不知深浅的路面，他们把急救医疗设备拆成若干单元分散背负。抢救必备的氧气罐，则交给了两名身强力壮的队员宋旭东和王晨曦负责。

狂风夹着暴雪不停地击打着每名队员，身上的迷彩服发出噼噼啪啪的声响，队员们屏住呼吸使劲迈着脚步前进，防寒面罩上的雪在急促的呼吸中融化成水又瞬间成冰，但一种神圣的使命感在悄无声息地激励着大家。他们的面前，是将近四十公里的坎坷路途。

爬一条将近七十度的陡坡时，大家三步一倒、五步一跪，先上去的人放下背包绳，后面的人拉着绳子攀登而上。卫生士官小罗出现了雪盲症状，看不清道路，便拽着战友的背囊深一脚浅一脚地前进。军医孙建明高原反应严重，嘴唇发白、脸色青紫，但仍然咬牙坚持，何志飞让他原地休息，他挣扎着说："就是爬也要爬到卡其那哨所。"

为了照顾老同志，年轻的医生背负着更多的卫生物资；有的女同志走不动了，周围的人就赶紧上去卸下她身上的装具，用背包绳把两个人拴起来拉着走；何志飞每隔几分钟就点一次名，怕有人体力不支跌入雪坑、滑落陡坡，几名护士最后已无力说话。所有人都不同程度出现了头痛恶心、嘴唇发紫、喘不上气等症状，但没有一人停下脚步……

十时左右，在高原强烈阳光的照射下，路旁的冰雪一点点在消融，河沟里的雪路更加难行，齐膝深的雪和化掉的水，不一会儿大家的作战靴就湿透了，脚步也变得越来越沉重。负责扛氧气罐的两名男同志，迈着冻得发麻的双脚向山上攀行。最艰难的要数翻越坡度较陡的冰雪沟，宋旭东和王晨曦把背包绳一头捆在氧气罐上一头系在腰间，向前奋力拉行，护士徐娓娓在后面推……

寒风呼啸，脚步蹒跚，临近中午，极度的饥饿更让大家疲惫不堪。但是，大家谁也没有想过放弃，甚至一步也不愿意慢下来。日过中午，大家终于走完风雪肆虐的达坂冰道，他们的衣领和头发，却因汗水浸透而结了一层冰。

停下来休息时，何志飞滚落的泪水在腮部结成了冰。

转过一段沙石路，远远便看到一栋漂亮的房子，那是卡其那哨所的新营房，红旗在房顶猎猎飘扬……一名在外观察的哨兵向着医疗队跑来，一边跑一边兴奋地高喊："你们终于到了，你们终于到了！"

发表于《解放军报》2022年1月11日

《海外文摘》2022年第2期

# 牧场红十字

迎着草尖上的露珠，那莎尕忠阿妈一早便出发了。那莎尕忠阿妈和她的牦牛群住在查旦乡牧区，这天，她们要去一处远一些的草场。阿妈身后，跑着碎步的牧狗小黄紧紧跟上。今天的牦牛群似乎格外听话，那头爱闹事的公牛再也没跑前跑后骚扰整个牛群。阿妈出门前说了，你今天要是再惹事，明天就把你打了。阿妈的话管用了。天刚大亮时，顶着雾气的牛群就顺利进发到那莎家的牧场了。

美拉这一天起得比较晚，八点了，还在熟睡。她刚刚考上了西宁的湟源牧校，这在畜牧业为主的杂多县是件值得高兴的事。还有一周就要开学，没有几个懒觉睡了，美拉决定这周天天都要大睡一场。做虫草生意的阿爸阿妈在那莎尕忠阿妈的牦牛群到达草场时就已经在市场忙开了，留下阿哥达扎在院子里翻晒牛粪。美拉刚刚过了十七岁生日，长得美丽，长长的头发，瘦高的身材。到了学校肯定是校花呢，达扎经常这样对美拉说。

远在三百公里外的玉树州，一支解放军医疗队此刻已经出发。前来接应的杂多县医院放射科青美主任一边开车一边开玩笑：马上就要见到你们一个亲戚，作为娘家人，你们一定要去看看的。医疗队妇产科专家张新艳博士立马反应过来了：是说的文成公主吧。青美主任伸着拇指说：对对，藏汉一家亲，一说就知道。车子停了，青美主任说：今天是周末，也是来高原工作的适应阶段，正好路过文成公主庙，又赶上这个好天气，那就拜拜远嫁西域的亲人吧。

翻晒完牛粪，太阳猛烈起来，达扎很得意。他打开水龙头洗手的声音吵醒了美拉，她闭着眼又躺了几分钟，觉得困意全无，便起来了。美拉懒得洗漱，晃晃悠悠走到院子里。今天阳光真不错，金灿灿地落在牛粪墙上，一片圣洁。美拉想打个喷嚏，但这有点困难，她昂起头迎着太阳。于是，金灿灿的阳光就落在美拉的脸上。一阵奇痒如小虫钻进美拉的鼻孔，美拉张大了嘴巴准备好，这个喷嚏一定会特别舒服。一声痛快清脆的喷嚏过后，达扎听到一声闷响，他扭头一看，美拉扑倒在地。达扎一边大喊"美拉、美拉"，一边扑过去抱起美拉，她已不省人事。

金灿灿的阳光也照在了那莎尕忠阿妈的背上，她的皮袋子已经装满了湿漉漉的牛粪，牦牛群把粪便撒到哪里，阿妈就跟着捡到哪里。家里的牛粪墙已经糊出一人多高，但阿妈的愿望是大雪来临前，再糊高半米。想到这里，那莎尕忠阿妈直了直腰，今天的草原怪得很，阳光的照射下，碧绿的草原竟然倾斜起来，就像家里被坐瘪了的牦牛皮垫子。牛群在一片平整的山坡上吃草，突然，一声闷雷一样的响声从牛群里传来。那莎尕忠阿妈转头去看，目光还没找到，便一头扎在地上，在小黄紧张的吠叫和牛群茫然的注视下，滚下了低低的山坡。那莎尕忠阿妈昏迷两个小时后，色拉吾日才在小黄的带领下找到阿妈。此时，杂多县医院的120专车正好抵达美拉家的小院门口。

杂多县医院急诊室主任多杰出了一身大汗，一小时内来了两个急重病号，简直让他有点不知所措。幸好一周前医院配备了CT机，病人被立即送往CT室：两个病号均是颅脑出血。情况危急，多杰主任赶紧拨通尼玛院长的电话求救。

放下电话，尼玛院长有点矛盾，电话打不打呢？如果打，解放军医疗队还没有抵达杂多县，某种意义上说，现在还处于高原适应期，没有正式开展工作。如果不打，这两个颅脑出血病人一旦过了六小时的黄金抢救时间，对于那两个牧民家庭来说，后果不堪设想。

医疗队员刚刚走出车门看到文成公主庙大殿时，青美主任的电话响了。跟在青美主任身边的医疗队长李振明虽然听不懂藏语，但从青美主任的表情上判断，一定是出了什么事了。挂掉电话，青美主任一把把李主任拉到一边说：两个病号，一老一少，都是颅脑出血，紧急情况，需要救援！李振明主任大手一挥：全体人员立即登车，紧急驰援杂多县医院，抢救藏族同胞。

一路美景已无心再赏，车子在盘山道上极速前进。车厢里，脑外科专家王家清迅速通过微信从杂多县医院急诊科要来CT诊断图片。王家清是此次援青医疗队的专家组成员，有过开颅手术经验。

车子行驶过世界海拔最高的隧道 —— 澜沧江隧道时，手机没了信号。走出隧道，沿途最高峰查乃拉山垭口的四千七百五十米海拔让王家清有点疲倦。好在他是市一级的马拉松选手，身体素质过硬，即便疲倦，仍能够清晰地判断病情。那莎尕尔忠阿妈脑出血太多，病情比较凶险，医院已经报病危。美拉左右脑同时出血，病情比较罕见，是什么原因引起的？孩子有没有高血压家族病史，是否会是脑血管畸形，是因为民族习性长期吃肉引起？这些情况不到现场都不能确定。车在山路上是寂静的，王家清也是寂静的，大家心里也沉着气，都不吭声。对于医疗队来说，这是出门后的第一仗，而且情况着实棘手。

车子在医院大门还没停稳，王家清就打开了车门。来不及介绍和寒暄，王家清对着前来迎接的尼玛院长一挥手：带我去急诊室。急诊室外围满了人，拿着念珠不停祈祷的，哭得泪眼婆娑的，着急得走来转去的。尼玛院长一边用藏语让大家闪开道路，一边用汉语对王家清主任解释这里的民族风俗。

美拉的病床冲着门口，身穿军装的王家清一出现，立马引起群吉阿妈和色拉吾日对尼玛院长的一阵追问：这是干什么的？哪里来的？尼玛院长用藏语告诉他们这是刚刚赶来的部队医疗专家，专门过来给高原牧民看病的，现在立即抢救你们的亲人。

询问、查瞳、听诊、叩膝……一套流程下来，王家清心里基本定了音。在医院会议室，尼玛院长、王家清和多杰主任进行了紧急会诊分析。大家认为美拉的颅脑出血情况比较复杂，鉴于其伴有剧烈的小腹疼痛，根据目前的治疗方向，王家清提出立即对美拉进行二次查血和彩超检测，排除阑尾炎的可能，然后再调整治疗方案。对于那莎尔忠阿妈的危重情况，由于阿妈大脑出血过多，颅压急剧升高，不能再耽误最佳治疗时机，必须进行锥刺引流手术。

来不及休息、来不及吃饭，甚至来不及喝上一口热水，在藏族同胞生命危难之际，一切繁文缛节都不重要。作为一名受命奔赴高原的军队医生，危情就是无声的命令。打开皮箱，王家清取了白大褂，在洗手间进行消毒之后便进入手术室里。

深夜，手术室里依旧灯火通明，大家已连续工作了七个小时没有休息。美拉的阑尾炎症状排除了，通过调整治疗方案，她的生命有了更多希望；那莎尔忠阿妈的手术已进行过半，科学治疗和神山圣水的护佑也会让她安康吉祥。

手术室外，群吉阿妈、色拉吾日，还有众多家人们都在安静地等候。他们捻动念珠，望着往来穿梭的医疗队人员，眼含热望。

发表于《文艺报》2017年12月29日

牧场红十字

# 巴塘骑兵

去结识骑兵，一直是我军旅生涯中的一个情结。

我的老家淮北地区曾经是彭雪枫的骑兵部队驻扎地，而我的爷爷也曾在年轻时为当年的骑兵团长周纯麟当过几个月的通信兵。那些日子，我的爷爷除了要担负周团长的通信兵，还要喂养好周团长那匹披靡杀场的"白龙"座骑。从小就无数次听爷爷讲述骑兵的故事，这让我对这个特殊的兵种无比神往。

即将在这四千米高原遇见一支现代化的骑兵队伍，这让我无比期待。在陆军某旅司令部岑参谋的引导下，我们驱车前往玉树州结古镇二十多公里外的巴塘乡。巴塘乡拥有的巴塘草原，是著名的藏地草原之一。岑参谋说，草原上的骑兵区域，只是骑兵连的一个外训基地。一个兵龄第五年的士官——洛加才让是这里的负责人。

巡诊通过扎曲河

巡诊途中

未见才让，已知才让。一路上岑参谋介绍，洛加才让就出生在这片高原上，因为内地来的士兵多少都会有些高原反应，所以组织上专门安排他在这里负责。

医疗队车辆抵达营区大门的时候，洛加才让正端坐在一匹高头黑马上，犹如黑塔。看着车辆驶入大门，才让手里的马鞭一挥，直指营区沙土大道，随后纵马向着营房奔去。

这里是当年西北军阀的军用机场，破败斑驳的泥土房子和炮楼仍显示出当年的烽火硝烟。营区内的一排黄墙红顶的现代砖瓦房，是新营区所在地。新营房是三年前才建设使用的。再之前，骑兵连人员都是挤在一处结构尚好的机场老房子里。一个通铺，百十人挤在一起，一个响屁就能吵醒半屋子人。巴塘草原地处海拔四千多米的高原，一年十二个月差不多有九个月在下雪。每到夜晚，草原上寒冷不堪。上个厕所，在这里就是个大困难。几年前，上级下拨专款修建了这处营房。新营房除了一应俱全的士兵住所，全新的现代军马房也代替了过去四处漏风、由机场库房改成的旧马厩。

车子一个转弯，抬眼可见莽莽苍苍的巴颜喀拉山下，黑压压的一群战马仿佛在缓缓涌动；山顶上银装素裹、白雪皑皑。岑参谋说，一周前巴塘草原上刚下过一场大雪。而此时正值八月，在很多地方还是骄阳似火的酷暑。雪山巍峨，藏乡淳朴，美丽的草原已然入秋。身着迷彩雨衣、骑着彪悍黑马的士兵正赶着上百匹军马向着我们的方向飒爽驰骋。岑参谋说，草原上值班放马的士兵刚才已得到通知：部队的巡诊医疗队到了，每位战士都速回营房参加体检。

车停下后，步骑班班长洛加才让为我们安排了一场骑兵科目观赏，展示一下草原骑兵的风采。营房外的青葱草地上，三名步骑士兵威风凛凛地手握马刀，整齐地端坐马背上。随着洛加才让发出的响亮口令，"双刀劈刺""控马卧倒""乘马越障"……战士们漂亮地完成了一连串精彩的骑兵战术。

骑兵们的战术是精湛的，但湿地草原上，他们长期野外骑行，很多人会患上不同程度的风湿或类风湿。一位新来的汉族士兵，大腿内侧溃烂。洛加才让说，这是骑跨动作没有把握住准确要领，被马背磨伤了大腿皮肉。军医们心疼地说，得找个办法避免。洛加才让却神色严肃地说：真正的骑兵，就是要磨出铜裆铁屁股。

在谈到巴塘骑兵连的未来时，洛加才让不免有些忧伤。随着中国军队的现代化、信息化建设，草原骑兵势必日渐消逝。二十世纪八十年代中期，我军由摩托化和机械化代替了骡马化，军马在军事上存在的价值大大降低。在"百万大裁军"中，骑兵作为一个兵种被取消。全军仅象征性地保留了几个骑兵分队，以适应西部边防特殊自然环境的戍边需要，巴塘骑兵连正是其中一个。在已经拥有隐形战机和巡航导弹的时代，最后的骑兵们异常珍惜这种可贵的机会，每天仍然操练着传统的骑兵科目：马上斩劈、乘马射击、马场马术、乘马越障、野外骑乘、骑兵阅兵式……

才让说，官兵与军马的感情或许比人与人之间的情感还要深。在与战马朝夕相处中，马跟人一样会哭会笑。在这里，有一匹特别爱笑的战马，总是对着官兵咧嘴乐和着，战士们见着它都高兴。还有一匹技术一直优秀的战马，每次百米冲刺训练都是第一，可有次百米赛训中，它跑了第二，竟然把头蹭在抚慰它的战士肩上，大颗大颗地流下了眼泪。才让说，人和马的这种感情，让他真不敢多想未来的分别。看着有点伤感的才让，站在一旁的岑参谋说：上级通知刚已明确，此次军改，巴塘骑兵连保留！

　　　　　　　　　　　　　巴塘骑兵

才让睁大了眼睛，高兴得跳了起来。旁边的几名步骑兵也是眼中含泪，一个个攥紧拳，手狠狠使劲。是的，作为"局外人"，我们也深感欣慰：雪域高原上的这支连队，除了发挥其不可替代作用，也是人民解放军新征程上的一面亮丽旗帜。

发表于《解放军报》2017年11月6日

获冰心散文奖

# 牧村巡诊日志

## 7月6日 多云

　　刚刚吃完早饭，太阳突然隐到云中，天气有些灰暗。在七月的高原上，天气的反复无常，医疗队员们早已领教了。这是一个筋疲力尽的周末，刚刚过去的五天里，医疗队成功开展了三例包虫病手术。今天的早饭尽管很可口，但因为太过疲劳，大家几乎没有吃主食。

　　按照工作计划，今天要入户巡诊，要去的这几户人家尽管并不太远，但路途难走，都住在半山腰。听随行的当地同事说，有一个患病的牧民格东是个独居老人。格东是在几年前查出肝硬化的，在花费了全部积蓄之后一度打算放弃治疗，目前已经形成肝腹水，肝衰竭晚期。我们决定，第一站就到格东家。

　　在白雪皑皑的冈耐神山下，越过几处河流，爬上一个陡坡，在一个院子门口，我们见到了格东的妹妹，她在等着为我们献上哈达。

格东蜷缩在一张小床上，毫无生机。看到我们，脸上稍微有了些笑意。经过当地医生的翻译，格东说他很痛苦，希望得到一些立竿见影的帮助。我说，这样的要求可以得到满足，但有一定的时效性，然后就用针具为格东做穿刺。穿刺很顺利，在排出了大量的腹水之后，格东的痛苦症状也明显有了减轻。临走时，我把那洁白的哈达悄悄放在了格东的床头，也许这样不够礼貌，但我更想把这祝福留给格东。

在一座孤单单的帐篷里，我们遇到了八十二岁的老阿妈永藏。看到一群穿着军装的人走过来，永藏显得有些不知所措，翻译赶忙走上去进行解释，永藏阿妈这才开心地笑了。永藏阿妈对医疗队员说，她有两个儿子和一个孙女，但都到县城去了。当军医们问到永藏阿妈的身体状况时，她说自己的眼睛看不清楚，而且腰疼肚子疼。军医们一边安慰永藏阿妈，一边赶紧把随行的检查设备带下来。肝胆外科专家为永藏阿妈进行了细致的检查，初步诊断她患有白内障、胆囊炎以及肾积水。考虑到帐篷里只有永藏阿妈一人在家，我们将检查结果逐条写在了纸上，并留下了继续治疗的意见和自己的电话，希望她的儿子回来后，能够和医生们联系。临走时，医疗队考虑到永藏阿妈的现行病情，为她留了一些常备药。

在另外一处几座帐篷毗邻的草场里，医疗队碰到了正准备外出的牧民扎西。扎西家的生活相对富裕，医疗队在帐篷外面看到了好几排拴牦牛的绳索。这时天空下起了急雨，医疗队赶紧钻到扎西的帐篷里去。在帐篷里，医疗队见到了扎西的四个女儿和四个外孙。帐篷里的牛粪炉子烧得红红火火，我们便把方便面和面包拿了进来。正值中午，借着牛粪炉子上滚烫的热水，医疗队也开始了自己的野战午餐。女主人的血压较高，而且患有严重的胃病，医疗队从携带药品中取了一个月的剂量给女主人，希望她能够按照医生的叮嘱科学饮食。

在索南达雅家，医疗队诊疗了一个特殊的病人——更却扎西。更却扎西才十一岁，体重只有十六公斤。更却扎西从出生就患有先天性疾病——脑瘫，从小不会说话，不会走路，甚至连最起码的吞咽动作都无法完成，生命全靠父母用牛奶和糌粑混合成类似粥样的流食维持，用奶瓶从嘴里往里灌。由于不能吞咽，多数不能顺利下肚，经常顺气管呛到肺里，所以常年存在肺部感染，生活质量无从谈起。医疗队为更却扎西做了一些基本检查，商讨了入院治疗的具体方案，也许过不了多久，他的情况就会迎来一些转机。


## 7月9日 下雨

　　下午，医疗队赶往城郊的一个村子，去看望一个特殊的病人——昂文巴毛。前年底，昂文巴毛像其他孩子一样，按照村里通知，到县医院接受包虫病筛查。当得知肚子里有一个很大的虫子时，阿爸阿妈心急如焚，束手无策。

　　昂文巴毛前去检查时，肝脏上的虫子已经很大。于是，接下来的一段时间里，奶奶负责奔走寺庙，父亲到处求医问药，但一切都是徒劳，昂文巴毛的病情并没有什么好转。去年，金珠玛米要来杂多牧区诊治肝包虫病的消息传开后，常常眉头紧皱的阿爸周拉听到后心里特别宽慰，决定带着昂文巴毛前去看病。在县医院，他们碰到了医疗队的肝胆外科专家杜英东教授。在一番检查诊疗之后，杜英东认为必须立即为昂文巴毛实施包虫病切除手术。

　　要动刀子？这可吓坏了父女俩，看着杜英东教授的态度十分坚决，父女俩顾不得拿药就逃离了县人民医院。直到当年的帮扶结束，杜英东教授再也没见过昂文巴毛。

虽然回到了烟台，但昂文巴毛的病情却让杜英东教授一直牵挂不已。随后的半年时间里，杜英东教授多次找到杂多县医院的领导们，委托他们一定要去做通昂文巴毛的思想工作，尽快把孩子带到内地的解放军医院接受手术。考虑到牧区群众的经济压力，医院最大程度减免了昂文巴毛的治疗费用。

最终，小昂文巴毛决定勇敢地尝试一次生命的飞行。那个存暖花开的四月，位于滨海城市烟台的解放军医院迎来了世界屋脊上的第一位藏族小病员——昂文巴毛。

为了便于交流，肝胆外科的医护人员们提前准备，做足功课，将牧区常用语整理成小册，并将包虫病患者术前问诊内容和术后护理注意事项，专门整理成藏汉语言互译的卡通漫画图片。昂文巴毛只需要指到对应的画面，医生就能直观地了解患者目前病状情况，随时调整治疗方案。

昂文巴毛的肝包虫病切除手术牵动着医院各方。而最后一次检测的影像显示：包块位置紧贴肝中静脉和肝右静脉，稍有不慎极易出现大血管损伤。杜英东教授亲自组织调整手术方案，使用先进的CUSA刀，精准仔细地把包块从血管上分离下来，对大血管毫发无损。小昂文巴毛的手术非常成功。半个月后，便返回了高原。

当身着迷彩服的医疗队员们刚要跨进昂文巴毛家的院子时，昂文巴毛和家人就惊喜不已地迎了出来。虽然队员们不懂藏语，但昂文巴毛全家那股纯真热烈的感情却感染着每一个人。

医疗队员仔细地检查了昂文巴毛的肝脏恢复情况，并为她设计了周全的家庭护理方案。临走时，昂文巴毛一直噙着泪花，她用刚刚学会的汉语说："我现在健康了，我有一个新的愿望，就是等长大了，我要再回解放军医院看看，那个救了我的地方。"

## 7月13日 晴

从办公室回到宿舍，匆匆吃了几口饭就想着去操场上散散步，这几天过于疲劳再加上高原缺氧，每天都要很晚才能入睡。晚上九点，高原的天还没有完全黑透，我刚准备回去洗漱，一阵电话铃声突然响起，县医院的青美巴丁院长急促地说，有一个紧急病人需要抢救。

车子在医院大门还没停稳，我就跳下了车子，直奔急诊室跑去。

急诊室外围满了人，拿着念珠不停祈祷的，哭得泪眼婆娑的，着急得走来转去的。青美巴丁院长一边用藏语让大家闪开道路，一边用向我简要介绍病人的情况。我看了一下入院登记，这是一位八十多岁的老人，送诊时就已呼吸困难，神志不清。老人名叫加扎，家人说他在两天前就头晕眼花，咳嗽不停，还大量吐痰。在和杂多县急诊科同事沟通之后，我们诊断加扎是全心衰症状，随即为他增加无创呼吸机，并注射强心利尿针剂。

半小时过后，老人的呼吸困难症状仍未减弱，情况变得复杂起来。是否有心包积液对心脏形成了压强呢？我一边为扎西安排心脏彩超，一边准备为他做心液穿刺引流。很快，彩超做出来了，结果显示，尽管加扎的心脏大于常人，积液并不多，因此判定，加扎的呼吸困难与心包积液无关。

我们调整了一些治疗细节，又过了大约半个小时，加扎情况开始好转，对于我给出的每一个动作，都能够判断准确。但是，清醒过来的加扎第一反应就是要求转院，想要到条件更好的玉树州人民医院去。我耐心地向他解释，根据目前的情况，如果赶着去玉树州，可能会在半途中出现凶险情况，后果不堪设想。看到他们产生犹豫，我就结合自己的临床经验，反复对病况进行解析，最后扎西及家人均搁置了转院要求。此时，已是深夜十二点多。

走出急诊室大门，迎头看到患者的家人们，他们仍耐心地等候着。看着我们出来，他们捻动念珠，不停地合掌致谢：扎西德勒，扎西德勒。而天空万里无云，唯有满天星星在一闪一闪地目送我们去往住处。

发表于《青海湖》2019年第11期

# 秋加的军号

　　跟随野战医疗队到达杂多县不久，我就认识了藏族男孩秋加。秋加刚满七岁，他和他的羊群都住在高原牧区沙日塘。

　　秋加专心致志地捡着牛粪，他病得厉害，显然没有注意到羊群的走动。牛粪袋快要装满的时候，秋加才直了一下腰。羊群不在身边，他转了一下瘦小的身子，远处金黄色阳光的映照下，羊儿像白色的花朵一样散落整个山坡。

　　我和巡诊小分队在沙日塘住了一个礼拜，就是想把秋加带回内地的部队医院做手术。秋加胸腔里的肝包虫，差不多有一个排球那么大。

　　但他阿爸阿妈不同意。阿爸说，在沙日塘，草场和大山都在那儿站几万年了，没有谁的肚子被划开过，他们秋加家绝不能开这个先例。我一下子想到杂多医院的人告诉我，在偏远的牧区有的牧民不愿意到医院，他们认为吃了西药动了刀子，人就进不了天堂。我看着秋加孱弱的身体，心情沉重下来。他的阿爸还说，因为秋加可能活不了多久，一直患病的阿妈不得不再次怀孕，眼看就要生产了。

捡满了一个牛粪袋，一天的任务就算完成了。秋加躺在草丛里，一动不动，天上的云也一动不动，天空清澈得像梦幻一般，看久了就会走神。草丛把他掩埋了，秋加说周围的草真是欺负他，比他高，也比他壮。秋加瘦得可怕，七岁了才四十来斤，骨棒一根根的，青筋都匍匐在骨头上。秋加的身上都是碎草，淡绿的新叶，金黄的枯叶，断了的草穗散落他一头一脖子。

草丛里的秋加拿着我的手机，他刚刚学会一款军事游戏，是我用两个下午教会他的。有了游戏的秋加，精神也好了一些，他恢复了笑容。阿妈说，在这之前，秋加只和牛羊说话，只对高原草场说话。秋加看了阿妈一眼说，沙日塘的小伙伴，每天都是这样度过的。

"嘀嘀嗒嗒！"一阵军号响了起来。秋加身边的小黄狗阿杰吓得刺棱直起了腰，一下子蹿出几十米去，深厚的草丛中扬起一波巨浪。看我在哈哈大笑，秋加捡起手机递了过来，疑惑地问：这是什么在叫？我比划了个吹喇叭的动作告诉秋加：这是在吹军号。

到达高原的第一天，神经外科的王主任半夜敲开我的房门。失眠是不约而同的，王主任龇牙笑着说："真不习惯呢，没有个军号心里空落落的，就像打仗没有指挥官一样。我就是过来问问你，怎么下载一个军号铃声？"呼啦，宿舍里的四个人全坐起来了，大家七嘴八舌："对，下载一个，每天按时熄灯起床，没有军号，吃饭都没味道。"于是，沙日塘的草场上第一次响起了嘹亮的军号。

秋加从小只听过牛羊的叫声和天上雄鹰的长鸣，这雄浑的军号让他倍觉惊奇。我把铃声关闭后重新递给他，秋加还要再听一遍。军号重新响起来，秋加听完绷直了腰：高原草场上没有这个声音，要是牛羊每天也能听到就好了。我趁机又提到他的病情：秋加，你到我们医院去治疗吧，在那儿天天都能听到军号，特别响，很远很远的地方都能听得见。秋加笑着摇了摇头，他说那样阿爸阿妈会伤心的。我还想多说几句，秋加却把手机递了过来，说他要回家了，阿妈这两天就要给他生小弟弟或小妹妹了，等有了小弟弟或小妹妹，他再死掉，阿爸阿妈就不会那么孤单了。瘦弱的小黄狗也跟着走了，它也走得很慢，很虚弱，它和秋加得了同样的病。

我和巡诊小分队决定第二天离开沙日塘，还有更为偏远的牧区要巡诊，我们不能耽误太多时间。但当晚的意外打乱了我们的计划，秋加的阿妈难产了。来沙日塘之前，巡诊小分队了解到，由于牧区医疗条件有限，加之民族风俗传袭，很多藏族妇女仍坚持在家中自行生产，难产死亡高发。近几年，中央和地方政府均加大了对偏远地区的医疗帮扶支援，各种政策也大幅倾斜。在杂多县，为了鼓励藏族妇女接受科学生产，县委县政府和卫计委联合制定了各种具体可行的措施，但在这偏远的牧区，执行起来还存在相当难度。

巡诊小组里没有产科人员，牧区负责人且增焦急地在巡诊小分队的帐篷前走来走去。且增是秋加的舅舅，他担心自己的阿姐会死掉，所以跑到巡诊队求救。且增说，阿姐从早上就一直号叫不停。我赶紧打电话请示远在杂多县医院的军事医疗队，请求抽调产科专家前来救援。县医院派了车，紧急驰援沙日塘，但由于到达秋加家还有几十公里不便通车的山路，我和且增牵着牦牛提前三个小时赶往山外隘口去接。

清晨六点的时候，产科专家赶到了。经过询问得知，秋加阿妈的第一胎胎盘早剥胎死宫内，第二胎生秋加是顺产，这是第三胎。通过便携仪检查，基本判断秋加阿妈属于胎盘早剥、前置，需要立即施救。考虑到沙日塘没有血源，如果秋加阿妈出现大出血症状抢救更难，产科专家决定立即为秋加阿妈实施剖腹手术，同时术中加强子宫收缩，减少出血，否则，产妇与胎儿都可能性命不保。

　　时间分秒流过，借着高原早晨的第一缕阳光，产科专家凝神聚气地为精疲力尽的秋加阿妈进行切皮、开宫。前后十分钟左右，一声啼哭在金黄色的高原晨曦中响起，一个顽强的高原新生命来到世间，来到满心期盼的阿爸阿妈身边。

　　孩子出生那天下午，八月的沙日塘牧区下了一场圣洁的大雪，且增高兴地拉着我的手说："你看，解放军救下草场的一条小生命，上天感动了，送给你们满天的哈达！"秋加的阿爸高兴地说："这雪花也有生命，它们落下来，覆盖在枯草上，等到来年开春，就能长出珍贵的虫草。"

　　大雪把巡诊小组回去的路堵了四天，且增却说这是山神挽留了我们四天。出发那天，因为惦记着秋加的病情，我决定再去他家一趟。在雪地里把门一敲开，小生命正哇哇叫着，阿爸端出了酥油茶热情招待，再三说着：嘎登切（谢谢），嘎登切。临近的牧民们也闻信赶来，他们围着巡诊队不停祈祷：金珠玛米扎西德勒，金珠玛米扎西德勒。

秋加跑了出来，他欢快地向我述说着他弟弟的调皮。放下酥油碗，阿爸走过来，他仔细看了看我的军装，把秋加的小手拿起来，重重放在我的手掌里：孩子交给你了，你带他去做手术吧。就是高原的雄鹰，也要飞下山的，扎西德勒。

阿妈哭了，阿爸哭了，我的眼角也湿润了。

从烟台机场回医院的路上，秋加一直在把玩我的手机，他声音细小，像是对着自己在说：等病好了，我要带一个回去，让号声吹给勤劳的阿妈阿爸，吹给雪山高原，吹给这草场的牛羊……

发表于《解放军报》2018年5月28日

# 雪山曼巴

太阳升起，灿烂的光芒在终年覆雪的山巅四散开来，照耀着整个部落，照耀着雪山脚下起伏的沙日塘草场。河边斑驳的草地上撑开几顶洁白的帐篷，像几朵白云停驻在那里。

在草场上，骑摩托车的一般都是放牧的少年，但今天来的显然不是。他们是几个身穿白大褂的人，左上臂那里有一个醒目的红色十字。

崎岖山路上，几辆摩托车正使劲地蹦跳在坚硬的乱石之间。最前面的是莫云乡卫生院的医生更求达吉。

"东方曼巴（曼巴是藏语医生的意思），我的身子会来回晃动，你要紧紧抓住扶钩!"更求达吉一边加大油门，一边大喊着告诉坐在后面、肩挎药箱的汉族女子，"坐直了，要不我们都会摔进河里!"

摩托车以大幅度曲线蹦起来又掉下去，扎着马尾、浑身紧张的"东方曼巴"被颠了下来，小腿摔得一片瘀青，刚一碰就疼痛难忍。她干脆选择紧跟摩托车，在悬崖边的山道上一路小跑。

<h2 style="text-align:center">一</h2>

"东方曼巴"的名字叫东方玉音，是解放军某医院的肝胆外科专家。两个月前，东方玉音在北京参加了一个健康帮扶工作推进会。按照会议部署，东方玉音所在医院重点抽组一支专业队伍参与玉树州的健康帮扶工作。

这个消息让东方玉音很振奋。早在一年前，她就作为专家考察组成员到过玉树州。牧区群众的病况给东方玉音留下了深刻的印象 —— 因为海拔高沸点低，牛羊肉无法彻底煮熟，牛羊肉里的寄生虫也就无法杀灭，许多牧民因此患上了包虫病。

在牧区，最难对付的就是包虫病，这个病的特点是患者不会感到特别的疼痛，只是反复发低烧，吃点退烧药，低烧就会很快退去；得了病的人便不会在意，而一旦病情进展到了恶化阶段，无论如何治疗，也很难达到根治效果。因此，仅在这一项病种上，因病致贫、返贫的人就不少。

东方玉音决心要争取加入到援藏医疗队里去。她带着一份全部合格的体检报告游说了三天，院领导同意了她的请求。

医疗队此次的核心任务是包虫病的筛查与治疗。资料显示，筛查建档的人基本都是在城市和乡镇集中居住，而一些偏远的草场，比如杂多县莫云乡，并没有得到必要的筛查。

## 二

选择到莫云乡巡诊，是东方玉音自己提出来的。来到沙日塘草场之前，东方玉音曾和莫云乡有过一段缘分，她接触的第一例包虫病患者，那个小病号达娃琼沛，就是莫云乡的。

东方玉音第一眼见到达娃琼沛时，这个十二岁的小女孩已经被包虫病折磨得虚弱不堪。她穿着厚厚的衣服，稍有风吹草动就会感冒发烧。她怀着巨大的希望，眼睛一动不动地盯着东方玉音。

东方玉音蹲下来帮她整理了一下衣服，然后对她说："不要害怕，阿姨就是过来治疗这个病的，相信科学，什么困难都能解决。"询问了病情症状，做完了简短交流，

　　　　　　　　　　　雪山曼巴

东方玉音决定亲自为达娃琼沛做检查。

反复查看了包虫的大小和位置，东方玉音认为必须立即为达娃琼沛实施包虫病剥除手术："这个包虫的位置目前距离主动脉血管还有一定的缝隙，一旦继续发育，就会粘贴到血管壁上，到那个时候，就很难实施包虫剥离术，而只能施行切除术。"

剥离还是切除，女孩的父亲不懂这样的术语，但要动刀子这个事，还是让父女俩犹豫了。父亲决定先把达娃琼沛带回家，他需要一家人做个商量。

这一去就是两个多月，等到达娃琼沛前去医院做手术的时候，东方玉音已经赶赴另外一片牧区调研去了。遗憾的是，由于耽误的时间过久，包虫发育得又太快，她腹腔里的包虫已经靠近动脉血管。为了安全起见，医院及时给她做了包虫切除术，没能按照剥离手术的方案操作。

包虫的切除与剥离，虽然只是一个词语的差别，但治疗效果却完全不同。被剥离的手术，意味着是根治；而被切除的包虫留有残余，可能会面临复发。

达娃琼沛手术后，现在情况究竟怎么样了，东方玉音在心头不时地牵挂着。这次能够来到这片牧区，东方玉音不禁更加挂念起她来。

# 三

透过窗户缝隙，黎明破晓，格外美丽：地平线上的紫日喷薄而出，染得苍穹之上的朝霞犹如一匹撕裂的锦缎，层层的彩云幻化成泼墨的流光，嵌入发白的半边天际，缝隙间漏下一缕缕金色的光柱，像是给苍白的高原点了火，滚滚潮水般的鎏金红霞便沿着大地那纵横的沟壑漫延开来。

尽管天已大亮，但草场依然寒风刺骨，东方玉音只能继续躺着。她又躺下继续睡，不断地翻身，还是睡不着。东方玉音想到了达娃琼沛。来到牧区这么久了，还没有时间去找一下她呢。

东方玉音于是问陪她巡诊的更求达吉："达娃琼沛这个名字你熟不熟悉？"更求达吉说听着熟悉，但没啥特别的印象，问东方玉音为啥问到这个人，东方玉音给更求达吉讲起了来龙去脉。更求达吉说，放心，只要是我们草场上的牧人，都是可以打听到的。

几通电话过后，达吉兴奋地抓着东方玉音的胳膊说："我给你找到了，那个达娃琼沛，就在附近的牧点。"

第二天天还未亮，他们就骑着摩托车出发了。

……

雪山曼巴

翻过山坡，东方玉音又坐上摩托车。平缓的草场上，几顶帐篷前开始升起炊烟，正好是早饭时间了。

一顶帐篷前，三个七八岁的孩子奔跑玩耍。更求达吉走下车和孩子们打招呼，问了达娃琼沛的家，孩子们指了指右前方，说大概拾满一筐牛粪的工夫就能到达。

更求达吉一路指挥着方向，东方玉音夸奖她比导航仪好用多了。没多远，他们就看见了达娃琼沛家的帐篷。

当东方玉音踏进帐篷时，达娃琼沛和她的阿爸阿妈就惊喜不已地迎了上来。

虽然东方玉音并不能听懂他们的话，但那股纯真热烈的情感却扑面而来。小达娃有些羞涩，她显然还记得这位穿军装的阿姨。达娃琼沛的阿爸阿妈端上来风干牛肉和新鲜的奶酪，一个劲儿地招呼大家多吃些。

趁着大家都在聊天说话，更求达吉像只百灵鸟一样，把解放军专家过来巡诊的消息带到了这处牧点的所有帐篷。不大会儿，达娃琼沛家的帐篷外面便围满了手捧哈达的牧民。

医疗队员把检查仪器拿进了帐篷，开始为大家体检。快要返回的时候，才轮得上为达娃琼沛一家人检查。她的阿爸阿妈都还好，很健康。但是，当最后为达娃琼沛做复查时，东方玉音最担心的事发生了：包虫病复发，而且是包块多发！

在回去的路上，看着五彩的经幡在山坡上随风摆动，东方玉音心情沉重：在这广袤的牧区里，还有多少这样的偏远牧点呢？当晚，她就写了一份偏远牧点包虫病情况的报告，建议医疗队派更多人员、设备到各个牧点巡诊，确保不漏一人。

## 四

达娃琼沛的病情非常需要包虫剥除手术，但这个手术在哪里开展，东方玉音进行过慎重仔细的考虑。牧区群众对手术还怀有犹豫态度，其中一个原因，是包虫病切除术带来的二次复发。东方玉音打算在杂多县为达娃琼沛开展手术，要通过这场手术让更多的人认识到剥除手术的意义。但是，县医院之前仅实施过相对简单的包虫切除术，从未开展过这种复杂的包虫剥除术。

病房里，达娃琼沛坐在床沿上望着窗外。

病房外，东方玉音透过玻璃窗口，看着达娃琼沛的背影，迟迟没有推开病房的门。由于是在杂多县医院进行手术，卫生条件比不上州医院，考虑到术后恢复，东方玉音决定让达娃琼沛把头发剪短一些。

吱——，东方玉音推开病房门的同时，达娃琼沛回过了头。一阵风从窗外偷溜进来，吹起达娃琼沛乌黑的长发。她走到达娃琼沛面前蹲下，双手覆在她的膝盖上，轻声说道："手术之后要有一段时间卧床，这样的长头发不方便……"

听说要剪头发，达娃琼沛不禁流下了眼泪，但她最后还是咬了咬嘴唇，轻轻点点头说："姐姐，你说的我懂，你们剪吧。"

手术按既定方案进行。医疗队和杂多县的外科医生们开始实施暴露肝脏手术。打开腹腔，大家惊呆了，四个包虫囊。

剥离肝体上部的那个包虫囊比较顺利，但肝下侧盆腔里的两个包虫囊剥离起来就比较困难了。囊壁和膈肌粘连紧密，这让东方玉音的手术刀就像分离石榴里面薄薄的内壁一样困难。

将近两个小时，肝下侧盆腔里的两个包虫囊终于被"定点清除"，就剩下尾状叶内的最后一个了。

被称为在"刀尖上跳舞"的尾状叶手术，多年前还是治疗禁区，而达娃琼沛最后一个包虫囊恰恰就长在尾状叶内。这里密密麻麻的血管系统、静脉回流系统、胆道系统像网一样紧紧包裹着包虫囊，稍有不慎就会引发生命危险。

细小的手术刀如游丝一般行走着，又过了近三个小时，最后的这个包虫囊也被成功剥离……

借着手术成功带来的积极影响，东方玉音和医疗队员们在县医院接连开展了十多例包虫剥离手术，而且每天前来问诊的牧民明显增多。是的，也许这支医疗队并不能解决太多的问题，但留下的科学诊疗理念、培养的牧区医护人员，将永远改变这片高原。

达娃琼沛要出院了。分别时，东方玉音递给了她一个香囊。达娃琼沛接过去打开一看，里面装的竟然是自己的发辫，忽地鼻子一酸，眼泪又下来了。临上车前，达娃琼沛一次次确认香囊有没有装好，生怕一不留神丢了。透过车窗看着达娃琼沛，东方玉音觉得没有长发的她，显得更精神了。

发表于《解放军报》2021年7月13日

获长征文艺奖

［下部］

# 热血冻土

# 序言

在藏西高原的那些日子里，在海拔高达五千多米的边境哨卡里，我结识了一些这个和平时代最值得被尊崇的军人。他们呼吸着稀薄的空气，过着单调的日子，默默守卫在祖国的边境上。他们的脸庞被高原紫外线晒出了高原红，嘴唇和指甲都是龟裂，但是他们的精神却很乐观，只是长期的孤独或者缺乏喧嚣社会的接触，他们大都沉默着，不善言谈。

这些沉默的人，很多有着特殊的情感经历和生活波折，他们的沉默是一种记忆的保存，或者是一种特别的纪念。曾有一次，我遇到这样一位哨卡老兵。他入伍十三年，曾有多次机会离开高原，但都选择了留下。最开始我觉得他有点异类，直到后来，我了解到他的特殊经历，深深为之震撼。

这处哨卡附近，原本有一个小小的牧村，每年春夏，牧民就会在附近扎起帐篷，在这里放牧。牧户中，有一个识字的女孩，大约十七八岁，她和老兵经常用文字通信，老兵的心里一直暗恋着她。

有一年的秋末，女孩家因为走失了一百多只羊，一家人决定在原地过冬，希望能找回迷路的羊群。但没想到，高原上风雪无期，羊群没等回来，他们却等来了一场数十年难遇的暴风雪。他们的帐篷被狂风连根拔起，女孩也被裹挟着跌下山谷，头受重创，当即身亡。哨所官兵救下了女孩的阿爸阿妈，并在放牧地埋葬了那个女孩。此后，老兵更加沉默寡言，每逢执勤路过，都要去女孩的坟前独坐一会儿。老兵放弃了离开高原的机会，只是想守着心爱之人离去的地方。

离开高原后，我曾想忘掉这些悲伤的记忆。即便不是刻意，也会随着时光的流逝慢慢遗忘。但我是失败的，时间未能消磨我，也未能改变我。回到内地的这几年，我几乎一天安稳觉都不曾睡过，每当闭上眼睛，那些沉默的哨兵就闯进我的脑海，他们钻进我的灵魂和心灵里。

如今，我们的生活方式不断发生着翻天覆地的变化，我们的大脑疲于应付各种消费形式和社交平台。但唯有那些高原哨所里沉默的士兵，还在默默地坚守着自己的岗位，他们的牺牲奉献，他们对这个急剧变化时代的"孤陋寡闻"，却成为我们安适度过每一天的必要保障。我想，我只有写下关于他们——这群沉默的人的经历和故事，以志纪念，我的这种焦虑或许才能够彻底解除。

# 天路上的运输队

一

临近指挥所是一个碧蓝的咸水湖，那里的水实在太苦了，上士老马试着喝了一口，差点把苦胆都给吐出来。被太阳暴晒了半个月，士兵们身体里的水分早已经挥发干净，即便是早晨，依然觉得喉咙发痛。

没有经验的上等兵洋洋已经渴得不行了，分配到个人的饮用水他早早就干了个精光。趴在自己的哨位上，他心里无比暴躁，嘴唇、口腔黏膜也开始变得干裂。

阵地上再也找不到之前送上来的水，通信员用塑料布收集的一瓶雨水，也像上甘岭战役中的那个苹果一样，在官兵们手中传来传去，全连七十多人，不够大家湿湿嘴唇。

肆虐了七天的暴风雨天气终于结束了，负责运送物资的战友们也该上来了。洋洋举着那个矿泉水瓶子还想着再抿一口，但水都已经见底。他只好用刺刀把瓶子划开，用舌头去舔里面还残留的水珠。

山脚下的补给站内，中士阿布显得急不可耐，窝在山下的这几天，他每一刻都在为山顶上的战友们着急。阿布看了看日历，他和运输队的几名战友已经下山七天了。被暴风雨耽误的这七天，山上的饮用水肯定告急了。尽管连续的暴风雨是偶发事件，但阿布还是充满自责：为什么就没有提前存储足够的水呢？还是经验不够。确实，特战队员是前阵子从平原地区驻训过来的，他们驻扎在五千米海拔的营盘里，很多情况还正在适应。

通往山顶的路靠现在的地面运输工具无法抵达，唯一的办法只能靠双腿或靠马背向上运输给养物资。为了不影响官兵们的一日三餐，连队为此专门成立了运输给养队，连队里的维吾尔族中士阿布在家有过养马经验，主动担任起这个运输给养队的队长。


二

太阳拖着山脊的背影，山的那边开始露出鱼肚白。天的一边，红霞泛着淡淡的金光在云雾的吞吐中若隐若现；另一边，挣扎在乌云中的阳光错落地照射在士兵们的脸庞上。马圈里站立睡觉的军马拉开了沉重的眼皮，这是它们第一次执行通往山顶的运输任务。一周前，暴风雨开始前的那一晚，听说山顶上的官兵们给养运输比较困难，民兵旺扎带着十匹军马前来支援。现在，是该它们大显身手的时候了。

太阳刚刚放亮，运粮队员们便忙着做准备，这里的昼夜温差极大，运输队需要在白天的时段把物资运送到山顶的营盘。阿布知道怎么保护马，为了防止出汗受凉，阿布让大家都为马儿披一床薄棉被在背上。

阿布从马圈里拉出自己的那匹军马追风，轻声和它说着话："追风，追风……"

追风咴咴两声，算是回应。追风是民兵旺扎给它起的名字，阿布也很喜欢这个名字。阿布用脸贴着追风的额头，双手摸着它脖颈上的毛发轻轻地说："山上的兄弟们可是都等着我们呢，今天就看你的了。"

尽管有了军马帮忙，但由于运输了平日几倍的物资，人和马的负担仍然很重，按照阿布的要求，除了军马，每名队员的身上也挂满了水袋。站在队列前方的阿布跟队员们强调着安全注意事项，叮嘱大家要格外小心。

上山的路分两段，大路和小道。大路只能沿着湖边抵达山底之下，再沿着山脊的背面从海拔五千一百米攀岩至海拔五千六百八十多米的山顶。从地图上看直线距离只有五百八十多米，但上山的路并不好走。陡峭的山脊线只能绕着盘旋的"天梯"艰难地向上，运粮队上山的路是唯一的一条补给线，一共要经历一百零八道"之"字形弯路，从湖的一侧上去最少要通过四十九道弯，下去还得经过五十九道达坂，再穿过山脊中间的十多公里的岩石山路，翻过一座山才能看见山顶的营盘。

不同于大路，小道则短得多，仅六公里，但海拔却从五千一百米上升到五千六百八十多米，走完将近花费三个小时。所谓小道，是特战队员们一趟趟走出来的山路。路窄坡陡，稍不留神就可能失足摔下山涧。山路难行，每走一步他们就会大口喘着粗气，因为高原的含氧量不到内陆的百分之三十。

三

连日的暴风雨把之前的便道冲刷得分辨不清，但凭着敏感的方位感，阿布很快带领队伍走完了大道。大道走完了，剩下就是盘旋的山脊线了。今天配备了马匹，而山上又亟须给养，阿布没有沿途休息的计划和打算。马蹄和地面摩擦的声音喋喋不休地越过一道道山峦，阿布总是走在更前面。

山坡上是叠状岩石，像千层饼一样。岩石之下，就是黄土，岩石之上一点植被都没有，由于是高海拔地区，植被难以生存。因为每天爬山，所有队员都是土黄色的，脚上的陆战靴也由黑色变成了土黄色。

路况逐渐艰难起来，海拔增高，风也大了起来，不时有碗口大的碎石从山顶坠落，非常危险。由于持续行军没有休息，九点半左右，队员们出现不同程度的高原反应，就连运输物资的军马也喘着粗气，四蹄打颤。

"班长，休息一会儿吧，马都在打颤了，再往上估计会出问题了。"队员们提醒着阿布。阿布着急，更替山顶上的战友们着急，他知道队员们提醒得对，但他还是决定继续赶路。

细长的马道极为陡峭，按照地图比例尺计算坡度都超过了六十度，站在山顶向下看去像是一条没有尽头的大写字母 Z，Z 字旁边还有一条相似滑滑梯的小道，是这段时间运粮队徒步的痕迹，在这之前，全是人迹罕至的荒芜山坡。

翻越山梁的下山路更为难走，翻过两个山头后，是一片碧蓝的咸水湖。咸水湖是一个盆地，狂风也没了力气，只有湖面的微风吹拂着，带来一丝惬意。就在大家刚把神经放松的时候，追风的前蹄不小心踩在了松散的小石子上，带着惯性往前摔去。在连续翻滚了七八个回头弯后，追风的身体扬起了一阵黄土，摔倒在咸水湖边不远的尘土中。

阿布急忙跑下去，追风四脚朝天躺在那里，鼻梁和嘴里都冒着鲜血，眼里的泪花打转，嘴里还不停地喘着粗气。阿布伤心得大哭，不停喊着：追风，追风。

伤心的阿布从黑色挎包里拿出饭碗，从军用水壶里把水倒得满满的端到追风面前："你喝吧，快喝吧……"追风似乎抬了一下眼帘，但一口水也没有喝。

## 四

山顶上的洋洋已经支撑不住了，他刚和暗堡中的战友要了几个湿巾，拆开包装后，慢慢地吸着湿巾纸里的水分。虽然有一股消毒水的味道，但为了坚持下去，他实在是想不出更好的法子了，嗓子干涸得让他无法用对讲机报送哨位情况。

　　　　　　　　　　　天路上的运输队

昨天晚上，全连官兵靠着卫生员的几瓶葡萄糖艰难度过来了，今天运输队再不上来，大家真是坚持不住了。但是，眼下又是快十点了，负责道路警戒的哨兵仍是没有看到运粮队的身影。

前沿指挥所里，一阵急促的电话铃声打断了连日来的干渴，负责接听电话的通信兵知道平时运粮队是不会轻易给阵地上打电话的，他有种不好的预感，直接喊来了连长接听。

电话那头的阿布显得有些着急："连长，现在马受伤了，物资一时半会儿还送不到前沿，让前面的兄弟再坚持一下，我们正在想方设法地送物资。"阿布把刚刚的事情经过一五一十地给连长报告了过去。

连长压低嗓门，告诉他尽快处理困难，争取早一点到达。连长知道，万一这物资今天上不来，不少官兵可能就坚持不下去了。挂了电话，连长对通信员吩咐道："这是命令，确保阵地上再不能有第三个人知道这件事。"

电话铃响了，是很多人都可以听见的，连长需要给大家一个解释。连长来到阵地前沿，沙哑着嗓子沉稳地说："告诉大家一个好消息，运粮队已经通过了一百零八道弯了，估计还有两个小时就到了。"

<h1 style="text-align:center">五</h1>

追风的身体开始不停抽搐，心脏跳动的频率也越来越缓。阿布知道，这是追风最后的生命时间了。身边的战友拉起阿布说："班长，别难过了，它已经完成了组织赋予的最高使命，这不是一匹军马最光荣的牺牲方式吗?"

是的，军人生来为打仗，打仗就要打赢，打赢就要不怕牺牲，作为一匹军马，它倒在了执行军事任务的路途中，这确实不失为一种最完美的死亡方式。如果有一天祖国需要自己牺牲，自己也一定会毫不含糊地向前冲。

现在，那个他熟悉的军马追风走了，但作为战马的追风却永远把生命和灵魂留在了这神圣国土的巍巍群山之中，或许有一天，自己也将会这样，而那些未能完成的工作和使命，仍需进行下去。

阿布和战友们默默地把追风搬运到一旁，然后把追风托载的物资分成若干小份，有的放在其他马背上面，有的是队员们自己肩扛，他们要抓紧时间把物资给养运输到位。

　　　　　　　　　　天路上的运输队

悲伤只能放在心里，运输队必须继续行进。眼前的群山，像是一个个巍峨的士兵，它们和山顶上的特战队员一样，默默坚守着自己的阵地，岿然不动。一道拖着红色长尾翼的光芒从天空掠过，它摇曳着穿过士兵们用生命守卫的群山，飘向了山峦的最高处。

## 六

洋洋哨位所在的位置直冲着通往山顶上的唯一通道，只要有人进入谷口，山顶就可以一览无余地看到这些，他这一盯就是半个小时，迟迟没有见到运粮队的踪影。

洋洋实在坚持不住了，他步履蹒跚地走到班长老马跟前："班长，我实在是坚持不住了，我想下去到湖里喝水，我实在是太难受了，我感觉我再不喝水就会死掉了，我都想淹死在这湖里。"原本情绪非常激动的洋洋想哭，但眼里却流不出一滴眼泪，因为他身体实在严重缺水，到了虚脱的边缘。说话时都有一点神志不清，喉咙干涸得吐词感觉都带着血丝。

老马见到他这样感觉情况有些不妙，直接把他搀扶了起来。当兵十几年的老马实在有些于心不忍，但没有人更懂他自己的内心，一个多月前，他放下怀中的双胞胎便来到了前沿阵地，就连妻子在产房里都没来得及回家看一眼，此时的他更懂得当父亲和当儿子的重要性。

"洋洋你别急，连长刚刚都说了，给养马上就上来了。"老马觉得胳膊一沉，洋洋直接在他怀里休克了过去。

## 七

运粮队的情况也不乐观，背负着如此重量的物资，无论是军马还是队员们，个个都已超出了生理极限。但是阿布对他们说："这就是战场，就是去给前线的官兵们送弹药，已经牺牲了追风，不能再牺牲前沿哨所上的战友！"

山上的气候最无情，转过一个山头又是骤起的狂风。阵风带起的石块啪啪地撞击在队员们和军马的身上。有了追风的不幸，阿布现在特别担心这些无声的战友们，他赶紧命令队员们全都抱住自己的马脖子，不要让军马们受惊。

狂风带来了飞沙走石，狂风也把天渐渐吹成了碧蓝色。风速在十分钟后降下了力度，运粮队也就赶紧清点了物资继续登往山顶。再往上是一条羊肠小道，这条羊肠小道是几年前解放军来了才有的，这条路上去要两个小时，下来则只需要十几分钟。

脚下的路是熟悉的，走过一段平缓路，就看到他们的指挥所了，并且可以看清楚指挥所旁边，战友们在石头上刻绘的党徽。指挥所是一个蓝色的活动板房，从队员们脚下到那里的直线距离不到五百米，但从马道上去，最少还要走上一个小时。但不管如何，希望已经不远了。阿布回头看了看山脚下的一百零八道弯，嘴里不停喘着粗气，正是这个地方被当地居民称为"魔鬼无法出没的地方"。但是，他们的运粮队一直在行走着。

## 八

靠着卫生员备用的最后一瓶葡萄糖水，洋洋总算缓过来了。他一动不动地匍匐在哨位上，眼睛直勾勾地看着前方那条便道，班长老马告诉他，如果不想渴死，一定不要再说话，不要再乱动。但是，恍惚间一队人马映入眼帘，那群人马在空旷的群山中逶迤而来，洋洋甚至听见了赶马人的吆喝声，也似乎听见马儿们的响鼻声。这是幻觉吗？还是现实？洋洋狠狠拧了自己大腿一把。在疼得龇牙咧嘴之后，他用沙哑而发狂的声音大声喊着：来了，他们来了，水来了，来了……

刹那间，整个山顶的营盘沸腾了。无论哨位里的士兵，还是指挥所里的军官们，大家全都不约而同地唱起了《我站立的地方是中国》，那山中闪闪发光的运输队，终于送来了大家急需的水源。

运输队终于成功登上了山顶。着急的连长率先从背囊里取了一瓶矿泉水递给了战地卫生员，大家喝光了他的葡萄糖才得以坚持下来，第一瓶水必须奖励给他。

听完运输队员们讲述了追风的故事，在场的官兵们无不沉默，他们静静地对着追风倒下的那片山峦，尽管他们之间还未曾谋面，但每个人的悲伤，都写满脚下的山川。而那些陆续领到饮用水的坑道哨兵们，尽管干裂着嘴唇、沙哑着声音，但在拧开瓶盖喝下第一口时，无不在热泪盈眶中勾勒着军马追风的模样。

# 九

卸下物资，简单休息后，运输队又受领了新的任务。由于形势的需要，阵地上还将有新的连队加入，根据这些天来的经验，为了防止恶劣天气随时来袭，唯有尽可能多地储备物资才是最大的胜算，运输队需要全力以赴。

夜晚，运输队又从山上下来了。在追风倒下的咸水湖旁，只留下一摊浓浓的血迹，那是追风留下的。仿佛有一声马儿的长啸，阿布环顾四周，群山无言，唯有寂静的湖面不时被狂风席卷，湖水拍打岸边的声音在为追风奏响离别的哀乐。此时，一颗流星悄然地划过星空，阿布从小就听父母讲过，看到流星许愿是一件非常灵的事情，他便双手合十朝着流星坠落的地方许愿，他希望已经牺牲的无言战友可以感知到，如果还有来世，他们仍要一起去战斗。

再一次走完了一百零八道弯，运输队员们回到了山脚下的给养基地。简单休息几个小时后，他们又将开始新一天的物资运输。虽然追风已经离开，但运粮队依旧坚持他们的使命，为驻守在山顶的官兵们继续运输物资。

发表于《解放军报》2021年3月15日

# 塔尔钦的雪夜

> 八月呀飞雪四月消，雪儿呀随着风儿跑，牛羊呀困
> 在高山上，扎西呀踏雪出门找。路儿呀积雪齐人高，冰
> 儿呀如刀脸上削，孩子呀陷在达坂上，阿妈呀心焦路遥
> 遥。神山呀脚下兵哥到，开山呀排雪地动摇，雪域呀茫
> 茫生命道，神山呀圣水战士保……
>
> —— 一首藏地民谣

窗外漆黑阴冷。暴风雪来的时候，士兵们正沉浸在节日的欢乐中，他们并不知道，一场灾难正在不远处发生。

2022年2月，大年初三。在日喀则通往阿里的219国道上，在一处名为霍尔营区的部队大院里，武警某中队中队长罗飞的手机响起时，他正在和官兵们一边包饺子，一边聊天。中队长的手机一响准没好事，一瞬间，原本热闹的俱乐部落针可闻，所有人的目光都汇聚在中队长的身上，多年来的执勤经验，让他们心中升起一股不详的预感。

上士李彦龙双手按在桌面上，双脚缓缓转向门的方

向。此刻，他的脑海中已经开始回忆自己的装备能否达到出动标准。十几年的救援经验，让他不知不觉间完成了出动准备。

果然，电话里，大队长的语气火急火燎："你立即给普兰县县长回个电话，塔尔钦那边有个紧急情况，有群众困在冈仁波齐峰上下不来，你们立即派人实施救援。"

塔尔钦位于阿里地区普兰县巴嘎乡，海拔四千七百米，地处神山冈仁波齐脚下和圣湖玛旁雍措北岸，是藏地宗教转山和转湖活动的起点，一年四季都会有大量藏族同胞和游客从这里出发，藏胞们朝着他们心中的圣地出发，一步一磕，虔诚地完成心灵的救赎，游客们则多是来此地游玩、拍照、打卡。

塔尔钦的任何风吹草动，都事关人民生命安全。看着还沉浸在过年喜悦中的部属，罗飞于心不忍，却没有别的办法："塔尔钦有紧急情况，大家迅速完成着装，检查装备，准备出动！"

俱乐部里随即传出了咚咚的跑步声，早有准备的李彦龙一马当先，跑在了第一个。其他救援小组成员也迅速行动，奔向自己的"战斗"岗位。

情况紧急，需要掌握更加详尽的信息。罗飞不敢耽

跨越冰封的河道

攀登边防哨位

搁，立马拨通了普兰县县长的电话。电话那头风呼呼地刮着，声音不是非常清楚，再加上县长是个藏族人，语言交流不便，隐隐约约只听到："…… 有人困在塔尔钦了 …… 他们四五个人在那转山呢 …… 估计要出人命 …… 你们快过来 …… 来一辆那个推雪的机器 ……"

电话里反复地确认，让县长有些恼，着急的火焰仿佛要透过电话烧过来。罗飞一边迅速派出人员和装备，一边自己也做好准备，这次任务并不简单，他要亲自带队出发。

通常情况，部队前往地方救援，都是根据前方通报的情况，做出相应的判断，随即派出对应的救援力量，但这次任务从接到电话开始，紧张急迫的节奏就像风一样呼呼刮来，根本容不得半点耽搁。

即便如此，罗飞还是尽可能想得周全一些。上山救援是第一次，虽然情况还不明朗，他还是不想让自己陷入被动。正月初三，高原上的气温可想而知，罗飞安排战士们携带反光背心，把防寒的装具都穿上，他又让李彦龙带上红景天、护心丹等一些常备急救药品，便于被困人员使用。

来到外面，看着纷纷扬扬的雪花，李彦龙才知道，原来雪已经下得这么大了，自己光顾着开心娱乐，竟没有一点察觉，看来危险总是隐藏在安静祥和的背后蓄势待发，让人猝不及防。

队伍集结完毕。罗飞一行五人，开着托平车，拉着装载机，向前驶去。车灯像两盏灯笼，发出微弱的光芒，照亮前方的黑暗，路面已经全白了，轮胎压在雪上，发出咯吱咯吱的响声。

又是一次联合行动。罗飞等人抵达巴嘎乡政府时，遇到了前来救援的大部队。乡政府组织的地方救援力量拿着铁锹和自制担架，公安和消防人员开着自己的车辆，车上装着清雪器材和保暖设施。他们之间早已不是第一次合作，彼此间都很熟悉。

旅游局局长向罗飞进一步介绍了情况："县长和地区专员已经先行出发了，让我留在这等你们，据上面传下来的消息，现在山上的积雪、风积雪很厚，没有部队在前边开路，地方的车辆根本开不上去，托平车就暂时停在乡政府，操作手驾驶装载机在前边开路，其他人跟着地方的车辆在后边跟进。"

罗飞点点头，他心里已经开始做着调整。

"一会儿分工的时候，我会和大家说明，队伍行进的时候，还是由你来指挥，你在这方面经验丰富，我们都相信你。"局长期待地看着罗飞说道。

罗飞没有推辞，带领这样一支联合队伍，作为一名军事主官，他可能更有经验一些。而面对的紧急情况，更让他不能有半点推辞。

风裹挟着冰雪呼呼地刮着，路面的积雪已经很厚。罗飞站在风雪里，感觉到身子有些微微倾斜。远处的山完全浸泡在墨一样的黑暗里，山上的积雪不知会有多厚，他的心里没底，出了这么多次任务，第一次让他这样惴惴不安。

各方分工完成后，大部队出发了。操作手王志文驾驶着装载机，和安全员刘奇轩一起在前边开路，罗飞等人坐在地方的车辆上紧随其后。王志文紧盯路面，小心驾驶着，刘奇轩手拿对讲机，时刻向后方通报道路情况。

刚开始，路还算好走，王志文一路保持着不错的行进速度，只是雪太大，风又很急，他只能躬身向前，才能看清路面的情况。雪粒子打在驾驶窗上，哒哒作响，不一会儿车前的机箱盖上就积累了厚厚的一层。

驾驶舱内，刘奇轩每说一句话，就会喷出一阵白雾，天气实在太冷了，这种天气早已突破零下三十多摄氏度了，体感温度更是达到零下四十多摄氏度，如果他们不加快速度，受困的群众很可能有生命危险。

但是，随着车辆开始爬坡，行驶一段距离后，一切都变得不同了，山坡上的雪比山下还要厚很多。"这是白毛风！"王志文紧张地对刘奇轩说。白毛风是当地人对风吹雪现象的称呼，它是一种由气流挟带起分散的雪粒在近地面运行的多相流天气现象，多发生在高纬度、高海拔和地形起伏变化较大的积雪地区，危害性较大。

刘奇轩伸了伸脑袋，他看到的是整个冬天的积雪。新覆盖的雪层看似柔软，但它下面全是暗冰，稍不留神就可能发生侧滑。

"后车注意，前面有白毛风路段，大家小心驾驶，各车间保持一定车距，防止侧滑撞车。"紧跟其后的罗飞也已察觉到路面的情况，他紧急向车队通报了情况，车辆的速度全部降了下来。

头车依然担负着开道的任务。王志文一点儿办法都没有，面对这样的路况，他根本无法加速，只能一点点向前摸索，如果他不慎出了什么岔子，整个车队都将瘫痪在这茫茫风雪里，他们也会加入受困人员行列。如此恶劣的天气，如此恶劣的路况，如此众多的人员，一旦发生不测，后果不堪设想。

可是，时间不等人。从晚上六点接到求救电话开始，到现在已经九点多了，受困群众已经窝在暴风雪中超过了三个小时，他们的情况怎么样？还能坚持多久？是否有人遭遇重伤？情况一切未知。王志文着急，罗飞更着急，可是着急又有什么办法呢？这天气就是高原的雄鹰都飞不过去，更别说人了。

罗飞赶忙拨通局长的电话，询问道："受困群众离我们大概还有多远？我们还要走多久？"

局长急迫的声音传了出来，显然他也有点焦头烂额："刚刚得到消息，群众们困在8号点，就是转山休息点的8号点，1号点是一个寺庙，不过到现在也没看到寺庙。"

罗飞真是一个头两个大，走了半天连1号点的影儿都没见着，现在路又这么难走，什么时候能到8号点啊。真是急死个人，罗飞忍不住拿出对讲机呼叫王志文："你在保证安全的情况下，尽量加快速度，受困人员离我们还有一段距离，必须尽快赶到，保证群众安全。"

王志文叹了口气，虽然心里为难，却没有犹豫："好的，明白，保证完成任务。"王志文把方向盘握得更紧了，一双眼睛瞪得溜圆，身体弯曲紧绷成弓状，车速似乎提高了一些，他感到一阵恶心想吐，晚上没吃饭，再加上高度集中的精神，让胃先扛不住了。

在藏传佛教中，转山是一项非常重要的活动，藏族同胞相信转山一圈便能洗净一生罪孽，转山十圈即可免下地狱，转山百圈，便能升天。信徒的转山和游客不同，不论地上是泥泞还是石子，无论刮风还是下雨，他们都会虔诚地跪下，匍匐着身子，磕头，再起来，一次又一次。冈仁波齐神山，在信教徒心中有着非常重要的地位，被誉为"世界的中心""神山之王"。因此，这里成为了许多藏胞、游客甚至外国信徒心中向往的地方，他们相信神山会给他们带来平安和幸福。但是，如果不了解这里的天气盲目出行，也常常带来意想不到的麻烦。

凌晨一点，茫茫风雪中，罗飞等人终于看见了第一抹希望。几个藏族老百姓，拉着马，满身是雪地从山上走了下来，通过交流才知道，他们是后来去转山的，看雪太大就下来了，对前面的转山者，他们一无所知。

希望就此破灭。不过，通过交流罗飞等人得知，1号点寺庙就在前方，这算是进山后的第一个好消息。但是，让罗飞等人没想到的是，到了1号点，真正的考验才刚刚开始。

寺庙孤零零地立在山坡上，像一个朝拜者跪在冈仁波齐山前，大路到此走向尽头，后面才是真正考验信仰的地方。寺庙旁，一条孤零零的小路，盘旋而上，如同接天的旋梯。

王志文把车缓缓停了下来，罗飞等人都陷入了沉默。如果在平时，转山走这样的路完全没有问题，如今，雪和冰都这么厚，再加上陡峭的坡度，车队能爬上去吗？罗飞心里打鼓。

李彦龙拿出铁锨，把小路上的浮雪清理掉，狠狠地铲在了下边的冰床上，当啷一声，震得他虎口生疼，冰面上只留下一道白色的痕迹，雪下的坚冰冻得像石头一样，罗飞的表情没有任何变化，心里却松了口气，这样的话车队还有通过的希望。

装载机继续向前，坚硬的防滑链在冰面上留下两道深深的印痕，车队紧紧跟在后边，就在车队离开后不久，后方刚推出的路，就被积雪和风积雪再次覆盖，这会儿正是雪下得最紧的时候，痕迹很快就消失得无影无踪，没有人知道这里刚刚通过了一支车队。

但是，考验似乎还远远没有结束，无法逾越的障碍出现了。随着车辆的深入，前方的路越走越险，一面是陡峭的山壁，另一面是千丈的悬崖，风雪呼呼地刮着，远处的黑暗像一个血盆大口，仿佛要把所有人吞噬，车灯亮处全是白茫茫一片，根本分不清路在哪里。

长时间的集中精神，再加上饥饿与疲惫，让王志文的精神和体力熬到了极限。他心里害怕了，作为整支队伍的排头兵，他的责任太重了，他不能出任何差错。漆黑的视野、肆虐的风雪再加上看不见的路，王志文心里发虚，脚下发软，他害怕自己操作不当，坠落悬崖，他也害怕陷入雪窝，瘫痪队伍，他不敢向前开了。

"队长，前边风雪太大了，完全看不清路，强行向前开的话风险太大，我害怕开到沟里去……"王志文顾不得自己的面子，赶紧向罗飞汇报了情况。

罗飞看着路边左右变换的悬崖，真是一失足成千古恨。风雪刮在他的脸上，更刮进了他的心里，绝无退缩的道理，必须快马加鞭营救群众，来不及过多地考虑："我的小车在前边探路试试，你跟在我后边。"

罗飞乘坐的霸道车没开几步，就被厚厚的冰雪阻挡住了，雪太厚根本过不去。罗飞狠拍了一下方向盘，真是叫天天不应，叫地地不灵。就在这时，大队长的电话打了过来。

刚接起来，浓烈的火药味就传了过来："你们怎么回事？怎么还没救到人？六点钟就上去了，这都几点了，到底怎么回事？"

罗飞委屈地说道："大队长，雪实在太大了，根本看不清路，我们已经以最快速度往前冲了，队员们都冻得直哆嗦，路被积雪盖住，根本看不清楚。"

大队长的语气依旧火爆，下达了死命令："我不管你用什么办法，你给我加快速度，群众还在前边受冻，就是用肩膀扛，也要把救援队伍给我扛过去！"

泪水混合着冰雪从罗飞的眼睛里流了出来，他比任何人都想快点把群众救出来。看着铁汉落泪，李彦龙心里也于心不忍，既要快速解救受困群众，又要面对上面的压力，又要处置各类棘手问题，还要考虑救援人员的安全，这么多重担压在一个人的身上，就算是块石头，也给压扁了吧。

罗飞抹了一把眼泪，把脸一横，重新燃起了斗志。大队长"用肩扛"的话提醒了他，他对李彦龙说："我们几个在前边走，用脚把路的边缘踩出来，这样装载机就可以放心通过。"李彦龙点了点头。

罗飞把自己的计划告诉王志文，命令李彦龙负责悬崖一侧，施艳辉负责山体一侧，自己在路中间引导车辆。说完便开始行动起来，李彦龙和施艳辉一手拿着红旗，一手拿着绿旗，脚下蹚着向前试探，用自己的身体在风雪中蹚出一条路来，罗飞则手持对讲机，面向车辆，不停地引导着它推雪。

虽然戴着棉帽和防寒面罩，穿着防寒靴，但是，刚下车一会儿，罗飞等人就被冻透了，全身冰凉，双手发麻，两脚战栗，最严重的还是不停刮来的风雪，像刀子一样削在脸上、眼睛上，让人完全睁不开眼、迈不开腿。

为了躲避风雪，李彦龙等人不得不低下头、弓着腰，一步一顿地向前走，就像藏胞转山时的模样，这样才能尽可能走快一些。但是，随着呼吸吐出的哈气，面罩上很快就结上了一层坚冰，把睫毛和眼睑粘连在一起，用手一擦，刺得生疼。

绿旗前进，红旗停止，李彦龙是第一向导，施艳辉是第二向导，每向前一步，雪都灌满了双腿，很快裤子和鞋子就湿透冻硬了，腿和脚像铁棍一样没有丝毫知觉，路面坑坑洼洼，还有隐藏在雪窝里的巨石，腿撞在上面像要断了一样。他们咬着牙坚持着，全力继续向前，就像拉石上山的搬运工，憋着一口气，拖着整支车队向山上挪去。

为了给操作手王志文增添信心，罗飞在对讲机里喊起了号子：

哥们儿你给点力呀，前面有路我指挥呀，你只管向前冲呀，救出群众你首功呀……

在罗飞的鼓励下，王志文逐渐缓解了紧张，重新燃起了斗志，透支的精神又再次强行集中起来，瞪着一双血红的眼睛全神贯注，胳膊上青筋暴起，仿佛要把整个车队背在肩上。

就这样，深一脚，浅一脚，走十步，摔两步，在海拔五千多米的隘口上，罗飞等人在风雪里徒步走了近三个小时。这三个小时，就像走了三年一样远，2号点、3号点一个个被甩在身后……

终于来到了4号点，一个转山休息的帐篷，像一个雪中的土包。在这里，罗飞等人遇到了之前上山的几名救援人员，他们的车队只开到了4号点，大雪就把他们阻断在这里，出路和退路都封死了，上不去，也下不来，只能苦苦等着后续的援兵，如果没有援兵，那他们将永远消失在茫茫风雪里……

雪地上散落着一辆救护车和六七辆皮卡车，有地方救援的车辆，也有被困老百姓的车辆，当他们看到罗飞等人的车队时，都喜极而泣、手舞足蹈地冲了过来："你们可来了，你们可来了……帮我们把车拉一下，帮我们把车拉一下……"

几个藏族同胞，眼含泪花，嘴里念诵着："金珠玛米，嘎登切（谢谢），金珠玛米，扎西德勒。"一边向罗飞等人作揖，一边就要下跪行礼。罗飞眼疾手快，赶忙抢先一步握住他们的手，扶住他们下沉的身子，双手交握间，是颤抖的手臂，眼泪滴在罗飞的手上，化开了坚硬的冰碴。

这里的空地稍微大一些，足够车辆掉头，王志文把装载机开到被困车辆近前，李彦龙趴在雪里，钻到车底下，把钢丝绳挂在皮卡车的钩子上，雪顺着脖领、袖口和手套灌进去，化成水，结成冰，李彦龙被冻得浑身发抖，不一会儿就毫无知觉了。

"你们还没吃饭吧，我们车上有吃的，给你们吃点。"一位受困的大哥说。

"不用，不用，我们不吃。"李彦龙回复道。

"说啥不用呢。"说着，大哥就把车上的面包、火腿肠、巧克力等零食拿给李彦龙等人，李彦龙仍然摆手拒绝，大哥就把食品都放在空地上，让他们自己拿。

仿佛火焰点燃了柴堆，每个车的车主都拿出自己的食品放在空地上，不一会儿，食品就堆成了一座小山，冈仁波齐神山静静地看着，风雪似乎都小了许多，如果被困的人足够多，那这里将堆成另一座神山。

车辆被救出来以后，他们顺着装载机推出来的雪道先行下山，如果耽误时间长，他们将再次被风积雪困住，来不及道别，来不及拥抱，甚至来不及说一声谢谢，只有那临走时的回眸。

罗飞等人继续蹒跚向前，午夜的寒冷和高海拔的缺氧几乎让人窒息，四肢麻木如同机器人。夜似乎更黑了，不见一丝光亮，又走了一个多小时后，绝望的情绪蔓延到每个人的心头，这场不知终点的马拉松，让每个人都筋疲力尽。

终于，凌晨五点多，远处微弱的光，像初升的太阳从山头露出脑袋，给人巨大的希望。

"车灯，车灯，是车灯。"李彦龙大叫着，像一个考了满分的孩子。

罗飞也终于舒展了眉头，脸已经冻得乌青僵硬，做不出任何表情，看着远处影影绰绰的光影，那里应该就是被困的大部队了。

终于到了6号点，罗飞等人终于和被困的大部队接上了头。普兰县的县长和地区专员也在这，当他们得知群众困在山上后，来不及多想，就带领先头部队抢先一步进山救援，当时的雪还不是很厚，一路冲到7号点和8号点，把幸存者带了下来，但当他们往回返时，却只走到了6号点，近一米的积雪阻断了他们的退路。

"谢谢你们啊，辛苦了！如果没有你们，我们肯定是出不去了，这么大的雪，真是难为你们了。"地区专员狠狠地握着罗飞的手，激动地说道。

"不用客气，这是我们应该做的，人民子弟兵为人民。"罗飞冻得梆硬的脸挤出一丝微笑。

"这就是老西藏精神啊，开山排雪，不屈不挠，你们传承得很好，有你们在，我们老百姓很放心。"地区专员看着罗飞挂满霜雪的脸，两眼闪烁着光芒。

车队很快在大家的协助下脱困，救援人员给受困群众围上了棉衣和被子，伤情严重的被抬上了救护车。这时，就像神山受到了大家情绪的感染，暴风雪突然小了很多。罗飞抬头看了看天，一定要抓住这个有利时机："大家注意，尾车变头车，立即回返！"

上山容易下山难，何况是这样的山，这样的夜晚。于是，军车驾驶员们的技艺得到了出色的发挥，他们一一上车，负责为整个车队的车辆原地调头，然后，他们按照风雪覆盖已变得模糊的来时路线，一寸寸向着山底挪动。

在把所有的群众都送回到指定地点后，疲惫感像山一样压了过来，罗飞瘫坐在地上，身体一点力气也提不起来，王志文更是呕吐起来，长时间高度集中的精神，让他在放松的一瞬间，身体终于挺不住了，之前的坚持，完全是靠一口气，一直强撑着。李彦龙双手撑在地上缓了一会儿，随后艰难地站起来，他从车上拿出煤炭炉，给大家煮了泡面，蒸腾的热气袅袅升起，映衬着一张张憔悴而微笑的脸，他们的笑声传遍整个塔尔钦，一直蔓延到冈仁波齐。

发表于《青年文学》2023年第1期

# 去往马攸木拉

> 我用手轻轻地抚摸着坑内的石块,在这寒风凛冽的夜晚,它竟是如此柔软,如此温暖。
>
> —— 一名列兵

到达孔雀河时,我已经一天半没吃一口饭,被直接送到军分区医院的高压氧舱。这次从拉萨到阿里普兰县的紧急任务本可由驻地部队完成,上级担心灾情扩大,命令我们连夜增援。

南线雪灾,道路封堵,我们只能从北线进入。车队绵延,行驶缓慢,历经两天一夜,穿越羌塘草原上一个接一个的雪山垭口,终于抵达阿里地界。因为之前曾高反历劫,战友把车上最舒服的副驾驶位让给了我。即便如此,刚过措勤县我就呼吸急促,全身乏力,意识渐渐模糊。

指挥车把我送到狮泉河野战医院时,已是深夜。经验丰富的高原病医生无需检查便一口断定:这是肺水肿。战友们继续奔赴一线,我呢,一个人窝在病房里吸氧

热血冻土

溜索渡过扎曲河

输液。同房病患好几个都是和我相差十岁二十岁的年轻军人。

一天，隔壁病床的那个新兵兴高采烈起来："连长批准我明天回灾区一线!"我心里不由一紧："你要去马攸木拉?"那儿正是我们此次任务的目的地——这次大范围雪灾最严重的地方。新兵挠挠头皮，左臂缠着的绷带告诉我他是从一线受伤下来的。我从抽屉里拿出两盒海苔卷扔到他枕边，新兵呼啦一下站起来。我摆手让他坐下，说："来，给我讲讲马攸木拉的情形。"他拿个马扎坐过来，半倾对着我，开始讲述："我是名新兵，你叫我列兵得了。我在那儿见到了一辈子都忘不了的情景，正想跟谁聊聊呢。

"在阿里雪山沟壑间辗转的这些天，我好像走过了几十年。傍晚接到命令，饭后便整装出发。车队走巴尔，过冈仁波齐，一路上都是高山陡坡，还有数不清的弯道。雪灾破坏了本就脆弱的路面，所有人都在克服疲惫，死死盯着路，往前赶。我们的目的地是马攸木拉，但途中接到紧急指令，距离马攸木拉三十公里的曼扎达坂出现新的险情，急需救助。高原劲风驱赶砂石，重重砸在车窗玻璃上。随着海拔逐渐升高，风越来越大，雨点变成了雪花，很快模糊了视线。车窗之外两侧道路，积雪越来越厚，能看到的只有白茫茫一片。很快，路面结冰，车辆间距越拉越大，即便是有多年高原行军经验的老驾驶员，也不得不打起十二分精神。风雪越来越大，车队缓慢爬行。后来走不动，我们开始给车辆加挂防滑链，拉大距离前行。但是，道路坡度越来越陡，窗外风雪也越下越大，车队只能继续拉大间距，缓慢行进。

"一路上起起伏伏，经过一处坡度不算很陡的垭口时，我们的车体突然后滑。驾驶员急忙拉住手刹跳下车，把三角木垫在左前轮下，才止住车辆后滑。此时，车体已经偏向，车尾后便是几百米的长坡，一旦滑落，后果不堪设想。现实是，无路可走，但又不能不走。临近午夜，天空又飘起雪花，救灾指挥部发来电令：'灾区情况万分火急，全员火速驰援！'部队指挥员迅速召集营连干部，简单分工后，带一个连先行出发，后续梯队间隔半小时出发。我们走到半山腰，刚刚抢通的道路已经消失在茫茫风雪中。车队被迫停止前行，大家焦急地期盼风雪赶快过去，但风越刮越大，雪越下越急，没有一丝要停的迹象。

"风雪中，军令如山。然而，走，山高坡陡，风急雪大，一不小心就可能车毁人亡，怎能拿官兵的生命去冒险？等，兵力短缺，一线告急，稍有拖延就可能贻误最佳抢救期，孰轻孰重？在北斗手持机上，指挥员一笔一划写下：人车分离，按时到达！于是，在海拔五千七百七十六米，在肆虐的暴风雪中，我们开始了近二十公里的高原行军。防寒面罩上的雪化了，转瞬凝结成冰，战友们在风雪中急促呼吸着，相互鼓励着，艰难前行着。各班排每隔几分钟就点一次名，怕有人跌入雪坑，滑落陡坡。有一个身体不适的战友走不动了，周围战友赶紧卸下他身上的装具，背起他身上的物资，用背包绳把他拴起来拉着走。翻过山口向下走的时候，有的战友为了节省时间赶上队伍，直接从雪坡往下滑。寒风呼啸，脚步蹒跚，耳边不时传来低沉的相互鼓励。最后大家靠着手势相互提醒扶持。人在疲劳的时候，高原反应会占上风。那时我们所有人都出现了不同程度的头痛恶心、嘴唇发紫、喘不上气等症状，但没有一人停下脚步。那是我第一次真切感受到，镌刻在书本中的'信念''牺牲''奉献'并不虚无，那些口口相传的'爱国''忠诚''无畏'从来不曾消逝，战友之间的兄弟爱、团结力从来都未走远。每个人更加坚强，没有险关能够

去往马攸木拉

阻挡脚步。

"我们在前面，车队在后面。不大会儿，我们过了一道铁桥，当地人叫它'一号铁桥'，桥下三米就是湍急的河水。这种桥，桥梁载重不会超过二十吨，但十辆平板拖车加上工程机械，每辆都在四十吨以上。前方对讲机传来信息，二号铁桥载重吨位更小。显然，用平板车拖工程机械已不可行，只能让工程机械下平板机动，自行过桥。车队调整至河床开阔处，直到晚上十点才做好一切准备。让人担心的情况又出现了，所有机械都打不着火。指挥员让人取出准备好的低温启动液，喷到挖掘机的空气滤清器上，反复试了几次，还是没打着。老练的驾驶员用明火加热空气滤清器的进气口，也不见效。最后，一名班长提议：'把我们的氧气先给机械用吧！在这地方，增加发动机氧气摄入量指不定就能打着机械了！'把氧气给机械用，倒是个办法。可氧气如果给机械用了，我们怎么办？在五千三百米以上的高原，氧气就是'救命丸'，十台机械需要的氧气量可不是一点儿半点儿，指挥员有些为难。但救灾的任务等不了。我们拿出一个氧气瓶，用一个鼻吸管插进空气滤清器进气口，打开开关，边通气边点火，试到第5次的时候，挖掘机打着了火。大家再也顾不上什么高原反应了，欢呼雀跃地拿着氧气瓶、氧气袋，爬上各自的机械操作起来。'轰隆隆'，不一会儿，八台机械打着火顺利下了平板拖车。一台挖掘机因点火启动次数过多，导致电瓶亏电，最后采用外部启动的办法进行强制启动。还有一台推土机滤芯堵塞，我们用'打吊瓶'的方式，拆掉进油管插到油桶实施应急供油。

"车队翻越都林山口时，风雪刚停，零下二十多度，一车之宽的山路，千米之深的沟壑，满是冰雪的路面，最难的是'回头弯'，最险的是'刹不住'，最怕的是'爬不动'。为了确保安全，挑选了十五名驾龄长、经验足的老驾驶员组成'敢死队'，每辆车只留一个驾驶员，轮流驾车翻越最艰险的山口路段。车辆加挂防滑链靠山行驶，不能掉崖；驾驶员不系安全带开着车门，一旦失控立即跳车。缺氧和寒冷让人几乎窒息，四肢也不听使唤，十五名'敢死队'队员瞪着血红的眼睛全神贯注，驾驶车辆一点儿一点儿往前挪。其余人全部站在悬崖边，打着手电用身体给驾驶员当路标，一台车一台车地导调。连主官盯在最险的回头弯处，负责带车的战友站在悬崖边，指挥车辆贴着身体依次通行。我们抱着三角木喘着粗气跟在车后，不敢有丝毫懈怠，时刻准备冲上去顶住后滑的车轮。运输车转弯半径大，路又狭窄，为防止滑下悬崖，紧急时刻驾驶员将车撞向雪墙来增大转弯半径。撞完才知道，看似柔软的雪比石头还硬，每辆车的保险杠都被撞弯，右前大灯都被撞坏。接近山顶，坡度更陡，冰层更厚，四驱指挥车不断打滑，运输车更是爬一米掉一米，全靠跟在车后的干部骨干用三角木一步步把车'垫'上去。不断出现的险情让我腿都软了。在一个转弯处，我负责的车辆突然后滑，我迅疾抱起三角木垫到车轮底下。这段位置路面冰层太滑，摩擦神器三角木也失灵，车轮继续后滑……眼看车辆就要坠下冰渊，我们的心都提到了嗓子眼。距离悬崖边不到五十公分处，笨重的车身竟奇迹般稳住，后车轮胎下的三角木已一半悬空。我的胳膊就是在这里受伤的。

"或许这辈子都不会再遇到这么难走的路了。全长一百三十一公里，平均路宽三至五米，全线有近一千四百个弯道、三百五十一个回头弯、八个达坂，山路上布满滚石和积雪，已经7个月没有人车通行。经过五个多小时的鏖战，我们终于按时抵达曼扎点位，等待支援的救灾官兵说：'你们真硬气！上来得真及时！'"

新兵重新返回一线的第三天，我也抵达了任务区。我们全排受领的任务是：前往一处边境接触点，抢救那里被雪灾围困的牧民。为了存储物资、预防雪崩，我们必须靠人工在一处狭窄的地方开辟庇护所。海拔四千二百六十五米，高原的夜黑暗而寒冷，上层是冻土，底下是石块，非常坚硬。我们一人握着钢钎，一人拿着铁锤敲，跪在一米见方的山坳处，有的磨破了裤子，有的膝盖掉了皮。

"班长，这是我挖过的最硬的土！"一个上等兵说。

"这可是练臂力的好机会，甩开膀子加油干！"肌肉发达的副班长说。

"班长，太冷了，我的手快没知觉了。"

"我还就不信了，看是你土硬，还是我镐硬！"

在这样的寒冷里，热情丝毫不减。"咔嚓"一声，副班长手里的镐把突然断裂，一根小木签扎进右手掌，疼得他龇牙咧嘴。卫生员不在跟前，也没时间等待，他咬牙脱掉手套，顺势拔出木签，上等兵赶紧从口袋里掏出三角巾给他包扎，治疗就算结束了。

为防止壕壁细土塌方，大家决定砌砖抹水泥。没有足够的工具，双手就是抹子。趁着夜幕，每人端着装满水泥的脸盆，猫着腰冲到堑壕里，顾不得磨破的水泡和伤口，用手一把一把搅拌一把一把往壕壁上抹。抗严寒，抵疲劳，忘伤痛，一番突击，终于建成一个圆形、可容纳8人的高原庇护所。

简单休息后，我们又接受了新的任务。当地村干部说，有几户藏胞的石头房子位于山谷风口，巨风呼号，滚石不断，十分危险，但住在那里的老人却固执地不愿意远徙。我们无法强迫，决定在附近一片开阔地构筑一处避灾坑，帮他们抵御雪灾。我们最终制定了"攻坚"计划：由体力好、力气大的战友使用工兵锹和镐，其余人用手清石头，大家拧成一股绳，就是用手刨也要把避灾坑给刨出来！说干就干，四人一组，五人一队，徒手把石头一块一块清理到一边，难以搬动的大石头，就用镐击碎，再行清理。不少人手指被尖利的石块划出道道血口，深色的泥土嵌入伤口、指甲缝，一双双手黑乎乎的。

值班员一路小跑过来，手里提着一袋东西，气喘吁吁地说："我刚从连长那里领了十一双手套！"埋着的头没有抬起来，翻土石的手也没有停下，时间一分一秒过去，那一袋手套仍静静躺在值班员的脚边。"义务兵和手指被割破的，领手套！这是命令！"值班员直接下了命令。即便是双手布满伤口，每个人也只领了一只手套，十一双手套戴在二十二只受伤的手上。

饮用水早已喝完，阳光变得炽热无比，战士们的嘴唇渐渐开始皲裂脱皮。手套割破了，锹头铲钝了，汗水浸湿了衣服，没有人退却。队伍中发出一声呐喊："挖好一个了！"大家纷纷把目光投过去，斗志更加高昂。阵地上又传来值班员沙哑激动的声音："同志们，就要完成任务了！咱们再加把劲儿！"工兵锹和镐从筋疲力尽的一双手转到另一双手，容纳十多人的避灾坑终于构筑完毕。

为了防范大风侵袭，排长又带着战士们捡石头、堆石墙，然后五人一组平整场地，将雨衣展开放在睡袋下面隔潮。待所有人入睡后，排长主动担任观察哨和安全员，负责夜间警戒和叫醒任务，每一小时将大家叫醒一次。从狮泉河野战医院过来时，我落下了睡袋，没有睡袋就意味着要在寒冷中度过。很快，我就领教了什么叫寒冷刺骨，即便裹上被子，盖上大衣，我还是被冻得缩成一团。清晨，我被战友们整理物资的声音吵醒，才发现身上多了一件羊皮大衣，是排长的羊皮大衣。他一大早就起来东奔西跑拾捡牛粪，还用石头垒了一个简易烤炉。大家围着烤炉取暖，烤干湿漉漉的作战靴。"这里物资输送困难，你的睡袋不知道什么时候才能带上来，剩下这些天怎么过？"排长的话让我涨红了脸，一时说不出话来。没等我回答，他拍拍我的肩膀，说："今晚就睡我旁边吧，咱俩用一个睡袋。"

当天晚上，阵阵雪崩袭击，我们和牧民藏身于坑，正如那位列兵的日记所写："我用手轻轻地抚摸着坑内的石块，在这寒风凛冽的夜晚，它竟是如此柔软，如此温暖。"

发表于《胶东文学》2024年第8期

《散文选刊》选载

# 次日贡嘎的忧伤

1

生有生的问题，死有死的问题。在次日贡嘎的灵魂里，停留下来的是生死交错的那一瞬间。

那个为救他而跌落山谷的战友，耳朵以下的皮肉被尖利的树枝一刀切下，耷拉着挂在半个被血液浸泡的膀子上。战友满怀着热望伸了一下手指，次日贡嘎只是傻愣愣地看着，没能明白他的意思。他终将明白，但那是很久以后。那时，他正面对那个即将离开人世的女孩沙木子。

那个露珠滴满山谷的黄昏，有一群群觅食的兀鹫飞过。在高原，腐肉是兀鹫的最爱，女孩躺在一块发着青光的石块上，纤细的手指微微触动着，衣衫在微风中吹动。女孩的嗓音沙哑、模糊不清，最终在留下一汪泪水后停止呼吸。次日贡嘎把这一切永远记在了脑海里。

退伍后的沉默，次日贡嘎成为喧嚣人群的异类。他不喜欢这喧嚣，躲进了位于藏东川西的深山祖宅。理县古尔沟镇，是嘉绒藏族聚居的地方，次日贡嘎祖上是大户人家，保留着完好的藏楼。在祖宅藏楼昏暗的菜油灯下，他依然无法安宁。菜油灯的婉转幽怨，映照着过往。

沙木子告别的眼神，如这灯光，在昏黑的夜里，像一道穿透力极强的光，刻在次日贡嘎的心灵，在他跳动的心脉上打穿了两个孔，至今，它们还在流着血。

演习结束后，次日贡嘎要求休假，他需要一个较长的时间去消解一下自己苦闷的心情。理县毗邻汶川县城，次日贡嘎相恋三年的女友是汶川水磨古镇幼儿园的藏族老师。三年未见了，次日贡嘎有一肚子话要说，演习时战友牺牲给他带来的冲击，需要一个倾泻的机会。

汶川地震前三天，次日贡嘎休假回家了。临行前，他们约定5月12日下午在汶川县城相见。

那天上午，堂哥的孩子庆生摆宴，次日贡嘎前去做客。吃完饭，次日贡嘎就准备赶往汶川。他提前准备了一背包的礼物，宴席一结束，即刻便出发。

他们边喝酒边聊天，聊着聊着，那个饭桌有一点晃动。农村的地面坑坑洼洼，有点晃动很正常。晃动越来越厉害，他们又以为是喝酒喝多了，谁也没吭声，都怕说出来这样的话就被别人认为酒量不行喝多了。次日贡嘎搓了一下眼睛，窗外的房子都在晃动，再往远处，窗外的大山都在晃动，左右地晃动。他立即反应过来：地震了，快往外跑啊！

村民们不知所措，像疯子一样跑来跑去，有的哭，有的大吼大叫，有的头上被扎破了，流着许多血。慌乱间，第一波大的震动结束了，地也不晃动了。次日贡嘎站稳了，回头一看，村子没了。

## 2

沙木子平坦地躺在一块大石头上，奇迹般地还活着。她的喉咙漏气，无法将语言表达出来。次日贡嘎判断不清她微微颤动的嘴唇想要表达的意愿，只看着殷红的血液如山涧的泉水潺潺般流出那粗壮的动脉血管。血液先是将沙木子脖子周围全部染红了，然后湿透了胸前的衣服。然后，青石板变成了红色。

沙木子有话想说，她想抬起手来，微微动了一下指头。次日贡嘎没能领会到这个意思，他只是茫然地蹲在

次日贡嘎的忧伤

沙木子的身边，茫然地看着她。手里的电筒光线越来越暗，沙木子的生命之火也越来越暗。

次日贡嘎的耳边响起一阵遥远的呼救，一阵脚步杂乱、口号含混的奔跑中，一发炮弹爆炸在他面前不远处的一片低矮的灌木丛中，一个战友应声倒地，手里的步枪远远地甩在一边。次日贡嘎也被爆炸气浪袭来的沙石击倒在地上，他坐在地上，蒙糟糟地望着周边，全是无声的画面，人群跑来跑去，他们张着嘴巴但没有声音，只是表情夸张。小时候，骑在父亲次日错仁的肩上看电影的时候，这样的情况常常会引起人们的不满，有人扔起了喝光的啤酒瓶子，有人谩骂不止，有人光着膀子站起来随意尿在地上，有人吵嚷着却又不肯离开。直到放映机恢复正常，银幕里的人开始有了笑声，大家也就有了笑声。

阵地上，次日贡嘎的无声世界持续了很长的时间，有人将他扶起，他的耳朵开始有了马达般的轰鸣，他和那个重伤的战友一起，被几个人抬起迅速地向山下的救护所转移。


这是一片长达近二十公里的茂密树林，林木高大，灌木丛生，野兽出没，毒蛇、毒蜂横行，平日里只有胆大的猎人和采药人才敢进去。进森林不一会儿便分不出方位，次日贡嘎和战友们拿出卫星定位仪、指北针和地图寻找走出森林的道路。

"敌"指挥所位于一片开阔地带。它的指挥中心、通信枢纽和信息中心呈"品"字配置，雷达阵地位于左侧五百米处，其后方是"敌"防守营营区。几个巨大的探照灯来回摇摆，把附近地面照得如同白昼。

夜幕中，次日贡嘎带领侦察队员们隐藏至"敌"指挥所附近地域，利用夜视器材对"敌"指挥所兵力布置和火力配置等情况进行侦察。零点四十分，单兵电台里传来"攻击"的命令后，九人立即按战斗分工，直扑各自的战斗位置。

夜色中的"敌"阵地一片寂静，按照战斗预案，第一攻击小组使用便携式导弹远距离攻击"敌"雷达阵地，吸引"敌"火力，并担任正面佯攻。第二、第三攻击小组从左右两侧直插"敌"指挥中心，待"击毙"哨兵后，生擒指挥官，同时在指挥中心、通信枢纽和信息中心要地放置塑胶炸药和定时炸弹。而在第一小组掩护下，侦察队员应迅速向前来接应的直升机机降点撤去。

次日贡嘎率领的侦察小组，在向导的带领下，绕过敌人的布雷区，避开敌军的巡逻队，钻树林，跃深涧，按照预定的路线前进。但前方尖兵报告二百米处的半山腰洞口，发现两盏马灯来回闪动，还有铁锹撞击石头的声音。根据原来掌握的情况，这儿没有"敌"人设防，可眼下"敌"人上来了，怎么办？

绕道走？不行！次日贡嘎和向导一块儿仔细观察地形，隐约可见闪动的前方是村庄，后面是悬崖，除闪动与村庄之间大约百米宽的草丛可以通过之外，无其他路可走。可是风停夜静，一丁点响动都可能惊动"敌"人，而"敌"人在半山腰洞口一定会设火力点，封锁这条山路和这片草丛。

时间在一分一秒地消逝，"敌"人的马灯仍然像鬼火一样地闪动着。"不能等下去了，从'敌'人的眼皮下闯过去！"几个侦察兵匍匐爬到次日贡嘎的眼前，一致赞同他的决心。他们分成三个小组，一个组在前拔草开路，一个组负责断后警戒，万一被"敌"人发觉，断后的小组用火力把"敌"人吸引过去，保证其他战友继续向"敌"人的腹地穿插。

为了防止碰击发出声响，方向盘、三角架等器材，

去往马攸木拉                                                            138

边境巡逻

眺望边防

都用雨衣和青草捆紧绑牢。必须依靠爬行，开路的侦察兵轻轻用手把草拨开，慢慢地用身体把草压平，将可能碰出响声的石头挪开。他们一步一步向前摸去，顺利地行进到了山洞和村庄之间的草丛里。忽然，村子里的一条饿狗叫了起来，紧接着一个打手电的"敌"人，从距离次日贡嘎他们五十米的地方，步步逼近。

次日贡嘎马上意识到：糟糕！这种地形对他们非常不利，一旦被"敌"人发现，这个小组将全部暴露在"敌"人火力下面。次日贡嘎悄声下达了分散突围的命令，可是，他和另一名战友的突围方向竟然是一处陡崖。慌乱中，次日贡嘎失去平衡，快速向着湿滑的崖壁滑落。紧急间，次日贡嘎的手被战友一把抓住，随即整个身体被远远甩开，落在一处草丛中。而那个救起他的战友，却不幸跌入了崖谷……

## 3

次日贡嘎给连队打了电话，只说了两句话。第一句是，我还活着；第二句是，我要进入重灾区，帮助救援。

第二天一早，次日贡嘎拦住一辆出租车，告诉司机能送到哪就送到哪。司机也怕死，上有老下有小，把他送到进汶川城的三岔路口就停下了。次日贡嘎下了车，司机不愿收钱，说这是他为救灾捐了。次日贡嘎说你这司机还行，虽然胆子小，但还有点良心。

几个武警和公安在岔路口站岗，进汶川只有军车和救灾物资车能进，其他地方车一律不让进，穿军装的次日贡嘎走过去对那个武警撒谎说，自己部队在这里救灾，必须要进去归队。武警说那好，我帮你拦辆车，坐车进去。

过了一会儿，武警果真拦住一辆车，是上海东方卫视进去采访的。上车走了十分钟，车停下，前边路不通了。一位老大爷坐在路边的帐篷前，说不但路不通，里边的整个城可能都没了，要去就得冒险走八十多公里环山路。八十公里的山路，至少要走一天。

四川的山很高，那些悬着的巨石，似乎稍有微风那些山上的石头就会掉下来。地震以后泥石流泛滥，到处都是塌方。去汶川的大车全是沿着河走的，也就是岷江的山路，路上全是被山石砸瘪的车子，死去的人、流出的血到处都是。次日贡嘎决定继续走，再危险也要到达汶川县城。

次日贡嘎忘不掉那位流血的战友。眼下，躺着的是流血的沙木子。那个时候，次日贡嘎还不知道她的名字叫沙木子，半小时之后，他从她尚有余热的尸体上取出身份证，并用对讲机报告给一千多米高度山顶的救援指挥部时，才知道她的姓名。

沙木子终于从嘴角漏出了一句能让次日贡嘎听明白的话。她断断续续地说，而且每一次用劲，喉管处的裂口都会喷出更多的血液。她艰难地说：我想活，想活着……

次日贡嘎无以应对，他下意识地握着沙木子的手，那手指纤细，微热但又冰凉。她预知了自己的生命将尽，又艰难地笑了笑，说：抱，抱，我。次日贡嘎没有怠慢，他把粗壮有力的大手放在她流血的脖颈和腰部，缓缓将她托起。

一股风吹动沙木子的头发，抚在次日贡嘎的脸颊。次日贡嘎恍惚了一下，周围的山川纷纷向后隐去，并变得模糊，他觉得正在和沙木子一起缓缓向上飘起。一层浓浓地雾掩盖住整个空间，像是给沙木子和次日贡嘎支起了一个巨大的纱帐，他们没有飞到天外去，而是停留在飘渺的云天之上。次日贡嘎惊喜地看到沙木子脖颈处的血液在回流，然后伤口慢慢愈合，整个身子失去重量。

次日贡嘎晚上八点钟到达的映秀镇。街上非常繁忙，

　　　　　　　　次日贡嘎的忧伤

有武警战士不停地抬着黑袋子来来回回，次日贡嘎站在那里不到半小时，就看见了十几具尸体，他们说那是从废墟中挖出来的。

映秀镇到县城还有一段距离，连走八十公里体力耗尽，不吃饭是不行的。救助点有很多吃的，有米饭、汉堡、八宝粥、矿泉水。走夜路不太现实，次日贡嘎就在救助点领了一套单兵帐篷，一个老人与他合住。老人是本地人，告诉次日贡嘎说，那里的一个幼儿园，还有一百多个孩子没挖出来。次日贡嘎的心咚咚地跳，顷刻间满头是汗，他担心得不行，女朋友所在的幼儿园怎么样了。次日贡嘎并不害怕死亡，但害怕对女友的情况一无所知。

次日贡嘎实在坐不住，就跑过去和救灾人员一起挖。遇难者比较多，武警战士一个一个地往山坡上抬。防疫人员在半山腰挖了个坑，把那些尸体往里面一放，一排一排的上面撒上石灰消毒。

天亮时，次日贡嘎告别映秀，决定继续前行进入县城。老人劝次日贡嘎别进去了，说那里面的路根本进不去，是条死亡路。劝阻无用，老人给了次日贡嘎两瓶矿泉水，他们就此告别。前面根本没路，公路四五米宽，全被泥石流埋住了，只能看见被埋的车子，有的只剩一个轮胎。一路上都是被巨石压垮的车子，石头有几间房子那么大，车子粉身碎骨。

次日贡嘎刚到前面，就闻到一股很浓的尸体腐烂味道。他仔细查看了一下，这里住着一户人家，地震时全被石头砸死了，到处都是烂衣服，旁边还有一只狗，还在忠实地守着主人。次日贡嘎很感动，不管它吃不吃，给狗扔了几块面包。

前面的路实在艰难，全是泥石流，稍有风吹草动或者大声说话，可能就会引发新的余震。路上除了次日贡嘎之外，空无一人。

大约一百多米后，次日贡嘎看到一座很长的铁索桥，桥下是近乎千米的悬崖陡谷。铁索桥损毁严重，有些地方只剩一块木板，一走还晃动。次日贡嘎决定越过这座铁索桥，女友与他相恋三年，这是他当兵后首次回来探望。次日贡嘎止不住眼泪落下来，他仔细研究了铁索桥的情况，然后小心翼翼地抓住护索，攀爬过去。

山下没路，要脱离险境必须走山顶。山顶是秃的，植被和岩石全被泥石流卷走了。余震不停，次日贡嘎感觉脚下石头一直在晃动。山顶往北是隐约可见的汶川城，次日贡嘎心里猛地收紧，快步向前走去。山头背后是一片山村，次日贡嘎走了下去。

山顶北部的下坡处，是一个小小的山村，房屋全部倒塌了。而一处空旷的场地上，竟然有几个小孩在那里呆呆坐着，那些小孩显然好久没见到其他人了，一看见次日贡嘎就哭着喊"解放军叔叔"扑过来。那些小孩脸上很脏，衣服也破烂不堪，旁边还有一个二十岁左右的女孩子。次日贡嘎问了才知道，这是一所学校，她是唯一的老师，名叫沙木子。这里有十四个小孩子在学校读书，地震压死了两个，现在还有十二个。

次日贡嘎问他们家人怎么没来接，女孩说整个村子都没了，她说他们一直想出去，可是没人照顾小孩，她是先天性小儿麻痹，走路不方便。次日贡嘎看到学校全部塌了，他们就睡在几件破衣服上，便赶紧把包里吃的拿给他们。女孩说需要他的帮助这些孩子才能渡过难关。次日贡嘎解释他正赶着去县城救自己的女友，也是一个幼儿园老师，到现在无法通联，生死未明，或许她那里有更为困难的情况需要帮助。次日贡嘎希望他们坚持下来等待后续救援，并掏出自己所有的食物，表示无法做出更多的帮助。

女孩没有过多的哀求，也没有表示出别的情绪。次日贡嘎走了，继续向着县城进发。

## 4

　　不久以后，次日贡嘎就得知了噩耗的全部细节。女孩没有停在原地待毙，她开始艰难地挪动着转移孩子们。既然有人走进来，那就可以走出去。按照次日贡嘎来时的路线，女孩翻越一段峭壁，和孩子们来到与峭壁连接的那条铁索桥一端。这个铁索桥对孩子们来说，通行过去是个巨大的困难。女孩准备把外套脱掉，把孩子捆在背上，爬着一个个运过去，而只有运到对面，孩子们才有活下来的希望。为了安全起见，女孩决定自己先爬行一趟试试。

　　尽管爬行得很慢，但女孩先天性的小儿麻痹症还是给她带来了巨大的困难。山风骤起，沙木子使劲往前挪了挪收紧身子，使劲抓紧绳索，一寸寸继续前行。

　　走近了，终于走近了，整个汶川城一片瓦砾，既分不出街道地点，也找不到明显指示，次日贡嘎面对的只能是一个无比巨大的垃圾场，一个毫无生机的巨大垃圾场。静默了半个小时，次日贡嘎认为在这里他什么都做不到。他也意识到不能在这里多待，因为完全没有食物，没有水源，他也撑不了很久。他想起山顶的十几个孩子和小儿麻痹症的女孩，转身返回走去。

沙木子觉得精疲力尽了，两只胳膊实在无法支撑一直悬在空中的身体。她是爬越一段没有木板的铁索时身子掉下去的，她有幸抓住了绳索，但她也撑不了很久。突然，她看到眼前的山峰瞬间向上升起，她如在童话中，看见黑暗中仍旧发白的雾，如同鲜白的牛奶倾覆在巨大的山涧，把整个空间涂抹得洁白肃穆。她听到惊奇的鸟叫，听到山间泉水唱歌般的流淌，她想起了孩子们，想起了父母，想起了身穿军装的次日贡嘎。

她被重重一击，由仰面到俯面，她看到了无数巨大的手指在天地间合拢，又像是山神的胡须长满山涧，她感觉到了，那手指太生硬，只在她的脖颈处轻轻一抹，鲜血便喷涌流出，洒满整个山峦。她颠簸了一下，向着更深处落去，她看见扇着翅膀的鸟类，和她一样扑扇着轻盈的翅膀在山间盘旋。她分辨不出是哪一类的鸟鸣，既不是画眉，也不是百灵，却好像是一群体形巨大的山鹰，引颈长鸣，向着她相反的高处飘去。她似乎翻了个跟头，但仍是面向上，她再一次被巨人的手指托住，似乎稳稳地被抱在怀里，然后缓缓地把她放下，在山底一条潺潺流动的溪流边。她转动着，看到四周山峰如墙壁，墙壁上垂着黑色的布幔，这是葬礼的场面。

　　沙木子像是躺在一个大的空房子里，也像一个巨大的石棺，谁也无法将她救出。她终于获得片刻的冷静，醒了过来，她认真地往上看了看，巨人的手指是山壁缝中伸出的巨大树干。她眨了一下眼睛，意识到自己还清醒地活着，她听觉敏锐，听得到脖颈处血液在咕咕流淌。她试着说话，但发不出声音，只是咕咕的血流声更强了。她下意识地攥了一下手指，手心里也全部是血。

　　当次日贡嘎没有在覆平了的山村找到孩子们后，他心里猛地咯噔一下，迅速向着铁索桥方向跑去。

　　孩子们失魂落魄地大声哭喊着，抱成一团，抱着次日贡嘎。次日贡嘎说不出心里的滋味，泪水磅礴而下。

　　次日贡嘎采用了和沙木子一样的方法，用衣服将孩子一个个捆绑在身上，直至十二次的爬行之后，他才把自己的愧疚感减缓了一些。次日贡嘎把孩子们送到救助点，又从救助点那里要了一套攀爬绳索。几名武警战士了解情况之后，主动加入了救助行列。次日贡嘎把攀登绳索的一端固定在铁索桥链上，然后穿戴好手套，带上保险绳开始向着谷底滑去。

　　次日贡嘎站在谷底的青石板上，时间是傍晚六点五十分。他解掉后背的绳索，打开头上的探照灯，立即蹲下来。蹲在沙木子的身前，次日贡嘎看到她的脖颈处被树枝划破裂开，气管呼呼地漏气，只是不停地向外涌着血，奄奄一息，但眼神还清晰地可以判断，她有话要说：我，冷，冷。

次日贡嘎刹那间血液仿佛凝结，他瞬间想起了在演习中牺牲的战友，也是满脸鲜血地望着他。在那个夕阳毒辣的午后，在后方的救护帐篷里，战友奄奄一息，急促地翕动着脖颈，几名女军医一边进行紧急抢救，一边准备着后送的救护车。战友满是渴望的眼神似乎要说什么，只是一直说不出来。他甚至记起了，战友也同样伸着手指，微微地颤动。

他似乎知道了，这一刻，需要的只是一个拥抱。他托起她的身子，将湿热的嘴唇吻在她的额头。而她，微笑着垂下了手臂，咽了气。仿佛，所有离世前的埋怨都消融了，她看到次日贡嘎，便对孩子们放心了。她放下了一切，满怀幸福感地走了，脸上带着微笑。

对讲机里的询问声让发呆的次日贡嘎放下了怀中的女孩尸体，他满眼噙泪地对着上面说：请扔下一个毯子和一条绳子来。

还有一段时间的等待，次日贡嘎安静地守在女孩的尸体前，他为她整了整衣服，用手轻轻合上了她的眼帘，然后关闭头灯，安静得如一只虫子，伫立在山谷五月的夜风中。

次日贡嘎细心地将沙木子卷在毯子里，然后结结实实地捆在身上，他回头看了看谷底，没有过多思索，随后戴上手套发出指令，开始向着上方攀爬。

次日贡嘎把尸体在救护的担架上放好后，拒绝一同下山，他要求立即投入到新的救援行动中去。他说，他终于找回了自己，他要用更多的拯救行动去抚慰那个身患残疾女孩的灵魂。

两年后，次日贡嘎的父亲去世，母亲不堪生活重担，大病不起。次日贡嘎退伍回家，在母亲恢复健康之后，担负起了在深山饲养山猪的家庭重任。在无边的黑寂的夜里，在举目空旷的林立山川中，他孤身一人却永不孤单。他过着安静的日子，脑海里时而闪现牺牲战友和沙木子的泪光。他相信，他们永远在一起……

发表于《延河》2018年第1期

# 热血冻土

　　清晨，高原的寒风一撕开厚厚的云层，金色的阳光便投向冈仁波齐终年积雪的山顶。山脚下宽阔的公路一直延展到玛旁雍措西岸，一群头戴防晒脸罩的士兵驾驶着几台车顶插着红旗的清障车正在作业。灌缝路面、修筑路肩、填补坑槽、改挖河道……有人说，高原冻土是世界道路修筑上最令人生畏的难题，他们却用自己的青春热血去拥抱。

　　这是世界上海拔最高的艰苦公路，全线的年平均温度为零下九摄氏度。它北起新疆喀什地区叶城县的零公里石碑，中经和田、阿里，南至日喀则市拉孜县查务乡，沿途穿越举世闻名的昆仑山、喀喇昆仑山、冈底斯山、喜马拉雅山脉，串起五座五千米以上的雪峰、十六个冰山达坂、四十四条凶险的冰河，是重要的人员、物资进藏通道，也是重要的国防线路。

这是一支机械化程度极高的"高原交通铁军"，隶属于武警第二机动总队驻高原某支队。自从2002年受命驻守这条公路以来，他们的脚步便一路走走停停，从拉孜到萨嘎，从普兰到叶城。无论白天黑夜，无论春夏秋冬，他们日复一日，年复一年，一走就是两千一百四十公里，一走就是二十载雪月风霜，"能奉献、能战斗"成为他们屹立高原的精神写照。

## 达吉岭上

上午九点，中队队部的天气预报上显示是个雨天，大家都以为可以好好休息一下了。但时间不长，支队来了通知，距萨嘎县城八十公里处的达吉岭乡路段出现约二百米长的较大裂缝，需要立即进行抢修。萨嘎县是日喀则地区边境九县之一，地处喜马拉雅山脉北麓，冈底斯山脉以南的西南边缘，新藏公路在达吉岭乡的路段海拔高达四千六百八十八米，属于高寒冻土路段，遇到温度变化较大时，沥青料温不足，便会出现较大裂痕。

这是从日喀则地区通往阿里的唯一一条公路，一旦出现交通阻塞，后果可想而知。支队的通知还明确告知，三天后，将有任务部队车队在此通行。

值班排长孔德岚立即查看手机上的小时天气预报，下午四点将会出现雷暴天气。根据已遭破坏的路况来看，如果暴雨继续侵袭，不仅裂缝会进一步扩大，路面的柏油和地基中间也会出现灌浆层，到那时候，增加的工程量可想而知。中队干部决定，即便没有三天后的任务车队，也要赶在下午的暴雨来临之前完成裂缝路面灌缝。对于即将出发的清障小分队来说，从通知下达起，满打满算也就七个小时。

"也有可能是雷声大雨点小，高原的天气经常这样。"负责带队的孔德岚随口说了一句，但他的动作可没有怠慢，立即挑选了五名业务娴熟的战士，并从库房提取了八十箱灌缝胶 —— 灌缝胶是处置裂缝的主要材料，是由普通沥青经过特殊改性而制成，具有很好的高低温性能，就算冬天也有较好的延展性。按照经验，七个人一天操作一台灌缝机的最大消耗是一百箱灌缝胶，可灌缝三百米路面，孔德岚带着小分队携带八十箱，足够这二百米裂缝路面使用的了。

浇灌路面算不上累活，但是个细活脏活。成箱的灌缝胶，外包装是纸盒，打开后，还有一层塑料薄膜缠缚在上。别小看这层薄膜，这可是考验官兵耐心的"拦路膜"。不撕，难以融化，堵塞灌缝机管道。撕，戴着手套不灵便，得用手指一点点扯，急不来、快不了，弄上一次，双手就会黑黢黢好几天。

达吉岭乡路段最初是牛马骡驴攀爬的山间小道，新中国成立后因交通需要，在乡镇之间开辟了一段段搓板路，但彼此并不互通。2002年，武警官兵来到这里，先是打通各乡镇路段，再将其改良为沙石土路。从2009年开始，这条公路陆续成了柏油沥青路。对于新中国成立前的达吉岭茫茫荒漠来说，走的车多了，可以成为路。但对于如今的沥青达吉岭公路来说，走的车多了，也会坏了路。沥青路面好比人的衣服，受路基沉降、车辆荷载过重等因素影响，天长日久也会裂缝、开口。这些裂缝起初较窄、较浅，逐步严重就会变宽、变深，甚至形成相互交织的网络，不浇灌缝补，便会加快路面产生坑槽的速度。

为抢抓时间，提高效率，他们六个人把两个二百二十升的大铁桶切割开，放在装载机斗子里，哪里需要就端到哪里，在路边用石头垒灶、木柴生火，按照这个操作方法，四个铁桶一小时能烧化七十多箱灌缝胶。

　　　　　　　　　　　　　热血冻土

办法虽好，但不是这样的紧急任务不敢多用。整个萨嘎县，方圆几百里，除县城、乡镇绿化种植的少许树木，其余地方，就算水草地，一年也只是非常吝啬地绿上三个月。如果每次都这么个生火法，想都不敢想。但是，要想完成急难险重任务，没有木柴，一切又是空谈。为解决这一难题，中队把藏族官兵都撒了出去。于是，萨嘎县城所有建筑工地上，都能看到他们的身影，丢弃的方木、模板，凡是能用的，他们全部拿去。很快，中队便常备了两车木柴，保证了紧急任务时的一周用量。

王亚男作为灌缝组的主力之一，总要比别人多操三分心，检查灌缝机，清点灌缝胶，安排人员分工等。铁桶里的灌缝胶很快达到二百三十摄氏度的沸点，按照分工，小分队一人操作灌缝机，一人负责添加灌缝胶，两人清扫裂缝并打开灌缝枪实施灌缝。

在这里当过兵的人都知道，路不可能年年修，但需要年年补、年年缝，其中最重要的一个环节就是给裂缝灌胶，如果每次都能把这道工序做好，路面的使用寿命可以延长三至五年。王亚男是萨嘎县中队公认的灌缝老手。作业中，王亚男一丝不苟地盯着每一道灌缝工序，不时提醒大家别灌太快，要灌满灌实，并稍微高出路面一些。因为融化后的液态灌缝胶在裂缝中需要一定时间沉淀，如果刚好与路面平齐，表面就会有凹槽，起不到黏合作用。

就在作业有条不紊地开展时，意外发生了，一辆轿车强行开了上来。"车子咋跑过来了?!""张虎，睡着了？谁叫你放车的?!"开始大家是犯嘀咕，后面就开始指责起百米外的安全警戒员张虎，对讲机、人工嗓门都对着他开喊。灌缝的路面还没凝固，眼巴巴看着二十多台车呼啦啦碾过去，缝上的胶弄得一片黑糊，特别是几个半挂车连路面都一起给掀翻了，几分钟时间，新增五六处坑槽，不但毁了修补成果，还造成了新破坏。

通常情况，大家对道路是进行半幅作业，留半幅正常通行。但此次任务紧急，而且裂缝段较为严重，战士们这次采取的是封闭道路进行全幅作业的办法。缝灌好后，一般十多分钟就能冷却凝固，然后定时放车。这次是刚干活不到十分钟，张虎竟擅自做主放车了？

就在这时，张虎一边跑一边大喊："对讲机没电、没电了，要救人，救人 ……"说了好多句大家才听明白，一名游客出现严重高原反应，嘴唇发紫、呼吸困难，需紧急送往县城救治。救人如救火，张虎在对讲机里呼不上，本想特殊照顾这台车，没承想场面失控，受管控车辆一窝蜂冲了过去。

护路、放行都是为了过往人员方便，更何况还有人员的生命危险。天路有缝可再补，生命无价不可还，看着破烂不堪的路面，大家来不及埋怨，再次投入到战斗中去。

下午四点，天公准时"变脸"，骄阳隐入乌云，雷声阵阵而来。看样子，这可不是孔排长想象中"雷声大雨点小"的天气。几名战士迅速停止添加灌缝胶、关闭灌缝枪，并迅速打开灌缝机应急口。作业停止了，灌缝机里的东西必须快速盛出来，一旦灌缝机停止工作，里面的东西在下雨天很快就会凝固在机械里，下次使用最少要四小时才能融化，如果再遇到紧急任务，会非常麻烦。

强劲有力的大雨滴像子弹一样扫向大地，孔德岚和几名战士却不敢歇，争抢最后的时机。他们用铁桶在应急口快速盛装已经融化的灌缝胶，然后人手一把铁瓢，以最快速度对准裂缝进行浇灌，十分钟内灌完了足足五桶灌缝胶。而此时，暴雨已让他们彼此看不清对方的轮廓。

返回时候，天已放晴。海拔四千六百多米的达吉岭乡，太阳能把人身上的皮晒掉，但在车厢里，孔德岚和几名战士却挤在一起打起了摆子，牙齿磕得梆梆响。

回到宿舍，王亚男接到了家人的视频。和母亲说着话时，他无意中用手摸了一下鼻子，母亲立即惊问道："亚男，你手怎么了？怎么黑成那样？"王亚男没觉得怎么回事，就随口回了句："我的手好好的啊。"

"亚男，你那手不对，你举起来我看看！"母亲的语气急促。王亚男这才下意识地看了一下自己的手，可不是嘛，他也觉得挺吓人的，就像刚从黑油漆桶里捞出来的一样。那是撕灌缝胶膜留下的记号，也是他们这群修路兵的记号。

## 血土路肩

汽车沿二一九国道在仲巴县境内驰骋，视觉上第一反应就是"红"。"红"，是因为道路两侧布满了用红土修筑的土路肩。土路肩，是道路地形地势具备加固条件的情况下，在水泥混凝土硬化路肩外边缘用泥土加固而成，对硬化路肩和路基进行保护。土路肩侧面边坡坡度必须科学合理，要能确保整体支撑稳固，顶面得拍压整平，确保硬实美观。这些，都是支队官兵们的杰作。

修筑土路肩，本是再普通不过的工艺，但在仲巴这片土地上，却显得格外奢侈与罕见。修筑中最关键的就是土质材料，约四点六万平方公里的仲巴县内，居多的是缺乏粘连性的沙性土，抓一把在手，迎风一吹就没了。以前，官兵们在河滩拉运泥土料，说起来是泥土，其实跟沙子区别不大，辛辛苦苦整修在道路两侧，牛群、羊群一踩就散，大风刮一阵卷走一小半，反复拉料反复整，就算整再好也管不了多长时间。

那一次，中队老兵袁海丰可谓是伤心透顶。那是一个暴热的天气，袁海丰和几名战友受领了负责老仲巴县城一带土路肩修筑任务。虽然头顶烈日，但大家齐心协力，很快干出了一公里漂亮工程。那天晚上，带着白天的成就感，伴着消暑的暴雨，他们睡得香甜。但一觉醒来，他们惊呆了，暴雨过后，修好的土路肩全部被毁了。八十厘米宽的土路肩，大部分"全军覆没"，极个别地方虽然还能残存三十厘米，但也已经破败不堪。站在路边，袁海丰气得一边跺脚一边骂："修这干啥？有什么用……"

但是，任务必须完成。怎么办？这就需要好好想一想了。整整一天，袁海丰没有出门，晚饭过后，他还真

去往马攸木拉

骑兵连

在边防战斗遗址前

"憋"出了一个"大招"。他神秘兮兮地拽着路政资料员邰彬彬就向中队队部跑，要求中队领导给他们一周的时间去找泥巴。"仲巴仲巴，只有沙土，哪来泥巴？"不少战友觉得这不科学，但执拗的袁海丰还是把这"特批"要了下来方才罢休。

仲巴县是典型的高原山地地貌，平均海拔四千五百米到四千七百米，地势高亢开阔，江河、湖泊、雪山、草原、戈壁、沙漠，各种地形地貌交织在一起，展示着世间罕见的高原美色。然而，在喜马拉雅山脉这堵"超级雪墙"的遮挡下，印度洋季风带来的水分十不存一，导致了这片高原大地上的土壤沙化得厉害。从地上抓起一把土在手中搓揉、捏碎，土质就随着指缝化为细沙状流出，再打开手掌一看，只剩一层薄薄的土粒，连点黏丝都没有。

在这片"缺水"的高原上"寻土"，难度大、希望小，尤其是马泉河一带更是一边河流一边沙丘。整整一周，袁海丰和邰彬彬开着皮卡车，穿过湖盆平原、驶过平坝滩地、越过山川河谷，跑遍了帕羊、布多、拉让、琼果、亚热、仁多六个乡镇里的二十多个村庄，一起跋山涉水，一起风餐野外，这里的泥土抓一把，那里的搓一搓，几天下来指甲盖全见了血肉。但哪怕再苦、再累、再远、再偏，他们都没有停止前行的脚步。

电影里是寻金、寻宝、寻人，他俩演绎的是现实版的"寻土"。行至一处矮山脚下时，袁海丰见山腰上的一片土壤颜色较别处更深，稀疏几朵野花点缀其间，看得更明显了。这让他立马有了精神，停下车来拉着郐彬彬就往山里进。这山看着矮，爬起来却不那么顺当，郐彬彬用扶着山壁支撑身体的手随便抠下一块土来，捏一捏、揉一揉，再放鼻子跟前闻一闻，随即摇了摇头。

在袁海丰的坚持下，他们还是哈着腰喘着气爬到了半山腰处。果然不出郐彬彬所料，当袁海丰兴致满满地拿出铁锹刨了几锹土后，就愤懑地一把将铁锹扔在了地上，一脸失落地跌坐下来。只见刨出的几个坑内，还是淡黄发灰的沙土，面上的土质之所以看起来颜色更深，可能是因为处在背风面而保存下来了较多水分，也可能是其中掺杂了少许的黏土，谁知道呢！反正袁海丰只知道拿来修路肩是肯定指望不上的。

回到车上时，太阳已经落山，经过这一折腾，两人也只能在这前不着村后不着店的地方将就一晚了。掏出行囊中的一袋酥饼，袁海丰默默地一口一口啃着、咽着，噎着了就灌上一口水润润，他觉得自己像是在啃土，又不禁想着要是沙土能像这样，灌些水就能变成黏土，那该多好啊。想着想着，鼻子就突然一酸，食物在喉咙里又哽咽了一下。

见状，邰彬彬想要安慰他两句，却又发现自己不知道该说什么好。是啊，大自然赋予了这片土地广博的生灵、物产和资源，但在黏土这一项上却又吝啬得如同葛朗台，或许，是因为黏土作为建筑材料，是破坏自然生态的罪魁祸首？漆黑的夜色下，栖息在这如同冰窖的驾驶室内，邰彬彬也开始胡思乱想起来。

但在第六天下午三点多，事情出现了转机。距离县城一百三十多公里的霍尔巴乡贡桑村，一处小料场把他们吸引了过去。那料场老远看上去是血红色的，很是与众不同。他们抱着试一试的心态捏了一把，哎，还真能成形，有粘连性。袁海丰生怕是一场"欺骗"，在料场试了十多处，百分百确定后，一个劲儿地对邰彬彬说："兄弟，成了，成了，这块料好。你试试，这块料真的好！"

他俩把这红土装了半麻袋拖回营区，一番现场演示后，大家大喜过望。中队领导马上就跟贡桑村、霍尔巴乡、仲巴县的领导对接协调。地方政府对部队的想法层层应允，敲定为军民共建、助推仲巴县长远发展的一个大好事，只要需要，随时能拉。

刚有了红土，就来了任务。2020年，五年一次的全国公路大检查，中队负责的路段有七十多公里被列入受检路段，任务异常艰巨。为拿得好名次，官兵们用细绳拉线将土路肩边缘修直、修顺，每一根杂草都铲得干干净净。

从六月到九月，每天都有人"挂彩"。新兵里面尤为突出，光知道用蛮劲，双手将铁锹把握得死死、紧紧的，不到两小时血泡就起来了。卫生员黄轶，白天在路上随队保障，晚上回到营区往往要忙到夜里一两点，很多人老茧磨破长出新茧，裂开一道道口子，手稍一伸展就会流血。后来，官兵们竟捣鼓出了一个在挖掘机铲斗上焊接钢板的点子，经过直道、弯道、坡道不同路段的多次试验和调改，算是正式"服役"了。官兵们用它将路肩上堆放的土料进行粗刮、刨平、拍压，再组织人员整修就极为轻松，一天下来要节省五十多个人工的劳动力。

有了红土，便有了收获。镶嵌在天路两侧的红路肩，如果说它的色彩是十分红的话，除了土质自有的七分色，也离不开官兵鲜血的三分染。而今天，修筑同样规格的土路肩，比以前使用寿命延长了至少三年。

## 达坂补坑

　　海拔五千二百一十一米的马攸木拉山，是进入阿里的第一个高海拔垭口，二一九国道在这里把日喀则和阿里连接在一起。马攸木拉达坂是名副其实的离天最近的地方，这里一日有四季，六月也飞雪，而洁白如幻觉的云朵就在你头顶环绕。每年四月之后，内地已然是春意阑珊、草长莺飞，但沿着二一九国道，马攸木拉达坂的两侧却是积雪如墙，最高处可达两米多。站在那里看向远处，眼前好比两道白色长城，硬邦邦，亮铮铮。太阳一晒，融化的雪水便沿着道路两侧往下流淌，夜间，迅速结冰。一天之中，路面会经过好几次剧烈的热胀冷缩。

　　繁忙的二一九国道，上下马攸木拉达坂三十公里的路段上，是每年路面损坏最为严重的地方。除了游客的拥挤，在长期的极冻状态和雪水侵蚀下，再加上夏天气温回暖影响，路基路面逐步软化，在重车碾压后极易出现损坏的现象，很多时候会有成片的沥青路面被推移到两侧，出现大面积的路面坍塌。因此，对这个路段的常规保养就成了中队官兵们的家常便饭。

2020年6月的一天，和往常一样，赵强洲、张文瑞等几名战友作为一个小组前往达坂，要对那里的破坏路面进行坑槽修补。他们习惯了每天早上六点半起床，起来后要先往沥青养护车添加三十袋沥青，然后启动加热系统开始融化，沥青融化后需要升温至二百一十摄氏度以上才能添加沙子、碎石拌和混凝土热料，这一过程就要四个小时。阿里高原，就算是夏季，早上也要七点以后方才天亮。所以赵强洲和战友们每天都是天不亮就起床干活，确保养护车开到马攸木拉达坂一带，能够立即出料，不耽误工作时间。

"不因任务特殊而松懈备战，不因高寒缺氧而衰退斗志，不因分散部署而放松要求，不因工作繁重而降低标准，不因危险直面而逃避退却。"这是贴在作业车上的一张红纸上写着的一段话。确实，坑槽不补，路面不平；路面不平，车辆难行。

坑槽修补的前期工作是对损坏路面进行切割清扫，这道工序看起来相对轻松，但也考验一个人的细心和脑力。坑槽的切割要正，边缘得顺直，对于相邻几个损坏处，是否需要整块切除，要进行综合分析判断，这对于老兵赵强洲来说，都是从新兵时就打下的基本功。但实际作业中，遇到的突发情况却常常是基本功之外的。

那天上午，养护车准时运行，很快就拌出了第一车料。按照正常操作流程，要等拌好的料有个初步降温之后才能铺设。但是，忙完切割清理的赵强洲是个急性子，刚刚扔下切割机，就示意驾驶员倒料。用高达一百七十摄氏度的刚出锅的料填补路面缺口，修补的效果当然最好，但这需要经验丰富的操作员，赵强洲业务全面，他想着尽可能把工作往前赶。

养护车刚一出料，赵强洲就拿着耙子赶上去摊铺，滚烫的料渣在高温中冒着青烟，隔一米多远都能感觉烤脸。不知为什么，一股浓烟从养护车车头后方窜出，很快把他的眼睛熏得睁不开。赵强洲正纳闷这浓烟是怎么回事，一个趔趄，把脚插进了拌料里。

蹦跳着的赵强洲总算脱掉了鞋子，但两个脚掌已被烫得红肿。就在这时，车头那里的浓烟开始腾起，"嘭"的一声燃烧起来，顷刻间变成了一米多高的火苗。"着火了，着火了！"驾驶员一边跳车一边大喊，"快拿灭火器！"这个着火部位十分危险，一旦烧到驾驶室车头部位，肯定要出大事。

火借风势，像发疯了一样四处乱窜，火苗肆无忌惮，所到之处，一片黑色。毁坏了中队公共财产还算事小，如果火势发生蔓延引起爆炸，炙热的沥青就会撒向通行的游客车队，后果无法想象。而那时，很多游客都已经下车，站在路边攀谈看热闹。

赵强洲是作业小组组长，这场景让他顾不上脚疼，一把扔开身旁的铁锹和耙子，指挥大家救火。两名战友拿起自卸车、养护车上的灭火器直奔车头，靠近游客车队的战士张文瑞则一边高喊大家赶紧回到车里，一边用就近游客递过来的灭火器冲着火苗就是一顿喷射……

火势被及时控制，重新围拢过来的游客都不禁为这群战士的奋不顾身鼓掌。火势是控制了，但原因必须查明，以绝后患。赵强洲当兵前就会开车，车辆上的毛病多少也懂一些，但他两只脚肿得穿不了鞋，只能坐在地上看着驾驶员一根线一根线地检查。经过仔细排查，还真找出了问题，是柴油喷油嘴堵塞导致柴油从嘴的后方侧面泄漏引起的。正常情况下柴油经过喷油嘴后呈雾状喷出正常点燃，而从侧面泄漏后，柴油是直接燃烧，加上燃烧器周围也都布满了柴油，导致火势瞬间失控。经过这番火灾调查和原因分析，大家又长了不少野外作业经验。

补坑是专业的，救火是专业的，就连"回撑"也是专业的。临近收工时，张文瑞和两名战友正在达坂上对一处大约十米长的路面进行切割。因为堵路时间过长，几位游客就下车围了过来。大部分游客只会问几句何时能开通，但总有一些游客并不那么"冷静"。一名操着浓厚四川口音的游客明显有些不悦，他一边看着战士们在铺路作业，一边忍不住嚷嚷道："当兵的老乡，你们这中间几处都是好的，怎么也给掀了？这不是人为地搞破坏，堵我们的路吗？"

　　起初以为都是看热闹的，这话一出味道变了。虎头虎脑的张文瑞站出来，他入伍还不到三年，但在填坑补路上有着自己的经验。凭着精湛的业务知识，再加上气愤的心情，张文瑞直接给他们摆了五分多钟关于"小坑大补、圆坑正补、浅坑深补、连坑合补"的"龙门阵"：距离比较近的坑，连在一起整块切割，补好后形成一个整体，不仅看起来美观，而且与路基贴合面积大，更容易压实，使用年限会更长。这一顿"回撑"让那个大哥哑口无言了，旁边的同行者也对他一顿数落，并连声给战士们道歉，说战士们实在太辛苦了。

　　坚强的人生态度往往在背后连接着苦难的生活现实。

　　　　　　　　　　　　　　　　　热血冻土

张文瑞老家在偏僻的农村，父亲多年前患上了精神分裂症，属于二级残疾，每年要到精神病医院治疗四至五个疗程，一疗程就是一个来月，每次报销后，还得自付四千元左右费用。姐姐早已出嫁，家里的经济负担，几乎都是靠母亲一人在外打工挣钱。而在去年，母亲的右手食指又被车床切掉了……

对于这样一个困难家庭来说，真是雪上加霜。如今，张文瑞的妈妈只能在家做些简单事情，而他每个月五千二百元的津贴，要把五千元打回家中。二十三岁的张文瑞背负起超出他这个年龄的担当，一头是家庭的重担，另一头是天路的重任。"青春补路，津贴补家"，这是沉甸甸的八个字。不只是对张文瑞，更是对这群补路兵最好的诠释。

## 坐标孔雀河

有些事谁都能想到，有些事谁也想不到。2021年1月，对于张涛来说，是一个具有特殊意义的月份，这个月最后的一天，他正式拜师学挖掘机，但这不是他第一次接触这个"家伙"。三年前，张涛还没有入伍，那时他是湖南平江县铁路建设工地上的一名工人，负责铁路线上的枕木铺设。

枕木铺设是个苦活累活，张涛很是羡慕同在工地上开挖掘机的叔叔，于是隔三差五总会缠着叔叔到他机器上"比划比划"，一来二去，也学会了一些基本操作。有一天叔叔临时有事，又不愿请假被扣工资，就让张涛临时顶替半天。叔叔原本想着张涛就是坐在车上充个人数，却没想到，等他回来时，张涛驾驶着挖掘机已经施工了一公里多。挖掘机手是工地上最缺的人手，就这样，工头把他从铺路工调整成了预备挖掘机手，一干就是五个多月。

能去当兵，在老乡眼中是很了不起的，无异于考上大学，要被人高看一眼，张涛也不例外。临出发时，一位亲戚用家乡话鼓励他"去哒部队认真搞，落平江屋里开挖机是冇莫里出息噶"。亲戚是说在平江开挖掘机没有出息，但没想到的是，老天偏偏给他安排了这碗饭——如今，他又重操旧业了。

张涛和战友们的主要任务是负责五六四国道巴嘎乡至中尼边境口岸一百零七公里处的管养。从县城到口岸的二十多公里道路，沿孔雀河缓缓而下，海拔从三千八百八十米直降到三千六百多米，其中K100至

热血冻土

K102约两公里S弯路段，路面仅略高于河床，是夏季水毁灾害最为严重之处。官兵对这一地点，习惯性地称之为102。

孔雀河发源于喜马拉雅山脉的古真拉北方的冰川，冬天干涸少水，如同一条小沟，有水之处皆为冰层，夏季雪山融化，河水暴涨，加之落差大，流速快，好比一群脱缰的野马朝着东南方向直奔尼泊尔。这段时间，水量迅猛，水位很快就上涨了两米多，102一带八百米路基被冲受损，二十多米路基被掏空一半，这还是在四个月前进行过一次河流改道后的受损情况。不仅是路基，就连河床上的几道拦水坝也被冲得不见踪影，水流凶猛程度可想而知。拦水坝一道约有十多个墩子，墩子长约三米、宽高均在一米半以上，用水泥混凝土浇筑而成，间隔三米左右一个。

像这种"热胀冷缩"的冰河，要改道只能选择枯水期，否则河水是真要吃人拿命的。改道，就是把河床靠近对面山体的一侧挖深，在中间位置沿河道走向用沙石堆砌修筑拦水坝，坝高两米多，顶面宽三米多，横切面呈梯形状，既要确保将河水引向山体一侧，也要阻挡急流。

改道兵对时机的把握极为重要，根据现地观察，路段上的几处大S弯地形在水流冲击下，对拦水坝的固有根基正在持续毁坏。如果按部就班按照以前的四月动工，那后果不堪设想。多次商讨、修正方案，大家得出的意见是：要把改道时间提前至一月。因为，每年一月至五月，是河流改道的最佳时期，也是普兰县天气最冷的时候，夜间最低温度能达到零下二十多摄氏度，昼夜温差高达三十摄氏度，加之在河边作业，风更大，天更冷。二月底以前，河面大部分都是冰，水流一旦积堵在某一处，冰会越结越厚，最厚的地方能有两米，河床底下全是冻土层，像混凝土一样梆梆硬，开挖特别困难。他们的最终目的，是把拦水坝修筑至上游高位，在最后一百米处逐步与路基接龙。

李杰是河流改道主力，操作挖掘机的水平是中队的"天花板"，有着雪灾、泥石流各种大小实战经验，带出了四名徒弟，只要他一上阵，所有人都会觉得这事妥了。而让李杰感到得心应手的是，改道成员多了个小伙伴，那就是张涛，他是李杰最满意的徒弟。

为了干好这项工程，上级给中队配发了新的抛雪机、沥青混凝土摊铺车、吊车、宿营车、多用工程车、拖车

　　　　　　　　　　　　　热血冻土

等一大批优良装备,"詹阳三四〇"履带式挖掘机成为张涛的座驾。比起入伍前工地上的"小松二四〇"挖掘机,这完全是高铁动车与绿皮火车的区别。它高大的动臂组合,硕大厚实的铲斗,主驾驶位后单独设有副驾驶位,液晶屏监视器,故障报警装置,多功能座椅,还可伴随人体重量调节抗震器,配置超前、科技感十足。有了它,什么改道工作也不在话下。

工地上如火如荼,张涛和李杰驾驶着两台崭新的挖掘机,周末无休连续作业,对河床的冻土实施分层开挖:第一天竭尽全力挖二十米长、半米深,第二天等太阳晒上几小时,对前一天的进行再挖,对后一天的进行首挖,以此类推、周而复始,一处冻土层至少要三天才能被全部挖开。挖掘机斗齿铲在冰冻的石头上,呼啦啦的火花一串接一串,正常情况一副斗齿可用两年以上,但开挖冻土时一个月就得换一副。除了斗齿,机械三滤、电路、油路也是问题不断,中队长严敬仰变坏事为好事,只要出现故障,就把中队所有挖掘机操作手拉到102来,在任务一线让大家一起排查,一起检修。不出问题,锤炼操驾技能,出了问题,强化检修能力。

102地处深山峡谷,太阳直照时间每天不到五个小时，大家上午九点抵达现场，要花半小时预热机械。在这个空当，大家需要适量做一些运动，比如俯卧撑、高抬腿、折返跑之类的运动，以减少人体冻伤。

改道孔雀河的持久战中，要说让战士们心惊胆战的，是二月的最后一个周末。那天上午十一点多，李杰位于对面山体一侧开挖河道，当挖掘机铲斗抵撑河床，准备移动机身时，危情发生了。挖掘机的一边履带不知为何原地不动，导致机身瞬时发生倾斜。挖掘机自身的重量挤压着河床，机械底部赖以承重的泥沙随着喷涌的水流迅速流失，很快发生了进一步失衡，几分钟时间便倾斜了近五十度。安全员段志廷，一边瞪大眼睛观察指引，一边在对讲机里声嘶力竭地喊道："班长，危险，再往前走就要翻了！"

进退两难，经验再丰富也要建立在实际情况之上。李杰熄灭机车下来查个究竟，原来是履带磕到了一个拦水坝墩子。这些拦水坝墩子是前几天被冲毁的，大水把它们淹没了，当时一个也没找到，原来是在河床底下隐身呢。面对"暗礁"，李杰重新爬上机械，他熟练而沉稳地操作着机车，先将机身旋转九十度，利用斗杆和履带相结合原理，依托斗臂支撑起倾斜部位，采取一根履带

热血冻土

压实、一根履带悬空"过单边桥"战术，很快，人机安全脱险。看着李杰再次走下机械，段志廷佩服加激动地对他说："班长你真是厉害，我后面都不敢吭声，生怕给你指引错。万一有闪失，那我这辈子都要自责！"就这样迎险而战、遇难而上，拦水坝从下游弯道处逐步往上修筑，从长度三百米到七百米。

但是，正当改道工作如火如荼进行时，一块"软骨头"逼着大家放慢了节奏，在一处十多米长的河床上，全是淤泥。拦水坝的料堆填得再好，也无法承载三十多吨重的挖掘机在顶面进行压实作业，挖掘机一上去就散，就垮。李杰看行不通，就把脑袋灵光的张涛喊来，经过分析判断，他们决定将淤泥地带挖深一米半多，先垫填一层大石头后再堆填沙石料修坝。直径半米以上的大石头垫了一百多立方米，果然奏效了。虽然耗时近一周，但终究解决了问题，确保了后续工作的推进。

距合龙处目的地还有五百米时，每一米都比之前更加困难，而一年中的汛期也快要到了。对于改道兵来说，汛期就是无声的命令，工程随即转入了冲刺期。那段时间，机械轰鸣声好比战斗的号角，吹响在孔雀河畔。每天早起半小时，晚回一小时，人人都在快马加鞭、争分夺秒，就连送饭都加快了节奏。有一次，炊事员送饭晚了半小时，路上怕兄弟们饿着，就猛踩皮卡车的油门。结果到102一看，饭菜都没少，绑在车厢柴油桶上的一袋子苹果，却颠得只剩下一个了。幸运的人也许连口福都好一些，那唯一的苹果，也是最年轻的张涛在大家"监督"下不得不吃完的。

任务重压不倒，时间紧难不倒，危险多吓不倒，事情还真是干就完了。五一假期前，一点五公里长的拦水坝成功合龙，宛如一条巨龙盘亘在孔雀河中央。多少汗水，多少惊魂，多少日夜！那一天，李杰和战友一起坐在堤坝合龙处，每人抽了小半包香烟。而对张涛而言，持久的战斗，也让他积累了丰富的经验，过不了两年，他肯定也能当师傅了。

孔雀河水东南去，拦水坝护了路，也护了生态。现如今，藏羚羊、黄羊、雪豹等高原精灵，再也不用顾虑过往车辆和人群的干扰，它们在河边悠哉地喝水，尽情地欢跑。而这群身穿橄榄绿的补路人，也和这幅和谐的画面一起，依然守护在喜马拉雅。

发表于《解放军文艺》2023年第6期

# C 连的战事

**五月七日 晴 低温**

十三时，火车站，天寒地冻。

"我们快一分钟，前线就能早一分钟形成战斗力！"指导员正在给全连官兵作简要动员。队列中，大家的额头上流着汗水、冒着热气。

这批弹药原本用于部队在野外驻训，三天前刚从内地运到这里。但任务发生了变化，这批弹药重新起运，不到二十四小时就送到了火车站。我们C连主要负责在火车站先卸后装，然后再转运分发给各个点位。

火炮弹药的装卸，不同于一般物资的装卸，有着严格的装卸载要求，必须轻拿轻放、不磕不碰。一箱炮弹近百斤，大家两人一组，喘着粗气从列车运到汽车，体力消耗很大，来回几趟下来，贴身的衣服都湿透了。但敌情复杂、弹药告急，宁肯手掌多掉皮、不叫一颗弹受损。大家怕戴手套抬弹药箱容易滑脱手，都选择脱掉手套。即便如此，在寒冷的环境中，手指常常不听使唤。三班班长与一名列兵在搬运时，弹药箱不慎脱手，冒着被砸伤的危险，他用膝盖垫在弹药箱下面，这才防止了弹药箱坠地造成严重后果。一名四级军士长一直头疼、胸闷、呕吐，但他吸几口氧气稍作休息后，又坚持搬运。连续奋战四十八个小时，我们终于把几百吨弹药装上了运输车。

八时，弹药起运。按照弹药转运有关规定，运弹车时速不能过快。路上不允许有大的颠簸，行车时必须稳稳当当、小心翼翼，特别是途经坡道、弯路、达坂、山口等难行路段时，营连指挥员必须轮流导调、逐台指挥，确保车队平稳通过。

这么远的转运，对驾驶员来说考验巨大，每一分每一秒都不能懈怠走神，很多驾驶员完成运输任务后，两只眼睛肿得像个"小灯泡"，这是他们担任驾驶员以来眼睛瞪得最大、神经绷得最紧的一次。

第一批次弹药抢运任务中，官兵不畏高原高寒条件，弹药装卸载量之多、公路转运距离之远、定点分发频度之急，创造和刷新了高原运弹的新纪录。

C 连的战事

## 五月十一日 晴 低温

晚上十点，天色刚黑，连队接到命令，要求迅速抽调三十人，于今晚十二时前到达垭口。现在是晚上七点钟，留给我们的时间只有两个小时！短短几天，连队接连三次转场，从海拔两千多米到海拔五千多米的达坂，官兵身体能吃得消吗？但敌情就是命令，时间关乎胜败。连长来不及细想，果断决定，人员带齐装备弹药，放弃刚刚搭好的帐篷、给养等后勤物资，轻装上阵，不惜一切代价，第一时间赶赴一线。

十一时三十分左右，我们抽组的三十名人员顺利抵达垭口。此时，距前线仍有五公里，前方横卧着湍急的河流，河道两边大都是陡崖峭壁，通道内积雪厚达六十多厘米，根本就没有供车辆和人员行走的道路。连长当机立断："携带基本物资，徒步行进！"

在河岸、陡崖峭壁之间，官兵们肩扛着弹药、物资、装备徒步行进，硬生生地踏出了一条路。翻越陡崖时，没有搭脚发力的地方，战士们用肩膀做支点，先把体力好的人送上去，再放绳子下来，大家顺着绳子前拉后推，三步一倒、五步一跪地前进着；过河时，战士们用石头垫、找木板铺，在冰冷刺骨的河水中垒出了一座座高低

去往马攸木拉

不平的跳桥。

六个小时，我们四次上下陡崖、九次蹚过冰河，终于在十二点之前，携带必要生活物资到达了垭口边境一线，展开了实战化部署。

## 五月十四日 大雨 大风

深夜的垭口，伸手不见五指，气温降至零下五摄氏度，七米每秒的大风在山谷中肆虐。通道深处，连长潜伏在隆起的土包后，观察着通道里的风吹草动，目力所及，敌人哨所的灯光依稀可见。

这是Ｃ连到达达坂的第一天。大家来不及调整适应，还在深沉喘息、剧烈头痛和连续呕吐中。但工作不能停止，我们还有太多事情要做。

信息，永远是战场上最重要的制胜因素，无论部队多么分散、行动多么频繁，都必须通得了、联得上，保证上传下达全程不断线、及时到一线。作为通信班班长，这是我的主责主业。顾不上高原反应，我就带着整个班，在料峭的寒风中出发了。

天气不好，刚开始展开作业不久，天上就下起瓢泼大雨。不能让装备淋了雨。大家赶紧脱掉雨披盖到装备上。对于通信兵来说，装备就是我们的生命，自己冻感冒了没啥，装备出故障就麻烦了。

在满地荒芜、战场通信设施几乎为零的条件下，想构建一套通联保障网络谈何容易。这里的地形复杂、距离边界线过近，无线通信的实效性和保密性不高，加上没有任何网络信号，我们就只能依靠其他技术。

平均五千多米的海拔，给我们的架线工作带来了巨大挑战。冰峡河道地域，到处都是硬石冻土，我们只能靠人工边走边铺，线料用肩扛，先挖再掩埋。最要命的是光缆铺设，一盘重达几百斤的光缆，要靠四个人用钢管抬起来才能缓慢前行。大家干一会儿活，吸一会儿氧，没有一个人退缩，没有一个人喊累，连午饭都顾不上吃。在河水湍急、石头遍地的一线阵地，晚上七点多，我们就把光缆和被覆线接入了网络，快速保障了连队指挥所的开设。

除了常规作业，还有应急任务。晚上九点多，连长找到我说："上级命令我们即刻给达坂前哨通电话，这个任务交给你，有没有困难？"

"没有，保证完成任务！"我肯定的回答让连长很放心。可是当真没有困难吗？达坂平均海拔超过五千三百米，而达坂前哨位于雪山顶端，海拔将近五千七百米。从宿营地到达坂前哨，四百米的高度差，别说是架通电话，就是徒手攀登都异常困难。但前哨就是指挥所的眼睛，建立通信刻不容缓。

五月的达坂完全被积雪覆盖，山体坡度接近六十度，从指挥所到前哨有两公里的距离，需要穿过一条封冻的河谷，翻越一个陡坡，沿途还要踏过齐腰深的积雪，攀上陡峭的崖壁。然而，最让我担心的并不是路途艰险，而是再过一小时就要进入黑夜，完成任务的难度大不说，还不知道会出现什么危险。

管不了那么多了，必须抓紧行动，再犹豫下去只会让任务更加艰难。我挑选了四名经验丰富的老兵，每人携带两卷被覆线、两部电话单机便上路了。

大约十点钟，我们一行五人穿过河谷，来到了山脚下。此时，太阳已经消失在了云层中，天色渐渐暗了下来。抬头望去，达坂上白雪皑皑，在夕阳中异常明亮。看着陡峭的山坡，大家不由得倒吸一口冷气。

积雪太多容易雪盲，我们提前准备好了护目镜。我走在最前面，齐腰深的积雪中，大家每走一步都会不停地大口喘息。积雪下是坚硬的冰层，越往上爬越困难，

　　　　　　　　　　　　C 连的战事

几乎是走一步滑一步。

每一步路都是艰难跋涉，落在最后的一位上等兵突然瘫倒在地，大口喘着粗气。我让其他人保持原地不动，赶紧半跑半滑地来到那名上等兵身边，拿出复方丹参滴丸，倒出几粒塞进了他的嘴里。十几分钟后，他的情况有所好转。

天色已黑，独自留下这名战友实在放心不下，派人留下来陪他虽然能确保安全，但是架设线路人手不足，会影响完成任务。如果带着他继续前进，万一身体吃不消有生命危险怎么办？以前只在电影中看到过的抉择，现在活生生摆在我面前。

"班长，我没事，我还能坚持……"那位上等兵不想让我担心，更不想因为自己耽误执行任务。既不能耽误任务，也不能放弃战友，我当即拆开了一卷被覆线，把大家拴在一起，我走最前头，体能素质过硬的一名副班长被安排在了最后，负责观察那名上等兵的情况。

队伍继续向山顶前进，我一边弓着腰放线，一边咬着牙向上爬，不时还回头鼓励大家："向前看，别回头，就快到了！"在我身后，几名战士竭尽全力完成任务，那名上等兵也铆足了劲儿跟上步伐，似乎已经忘记了高原反应。

相互鼓励搀扶，三个小时后，我们摸黑爬上山顶，将电话线通到了达坂前哨。

"洞幺、洞幺，我是洞拐、我是洞拐，听到请回答，听到请回答！""洞拐、洞拐，声音清晰，通联良好，任务完成！"

听到电话单机那头传来清晰的回复，我和战友们坐在地上刚要欢呼起来，随后就是一阵急促喘息。在这高原，可不敢情绪激动。

## 五月十五日 晴

连指挥所设在垭口，这里距离前沿较远，不会被敌人监视。一早到现在，工程机械分队的战友们已经连续作业六个多小时了，他们必须今晚前完成指挥所的构筑。但是，这里的土质疏松、可塑性差、出土量大、容易塌方，有些地方坡度达到机械作业极限，工程机械容易出故障，再加上人员缺氧，构筑工事困难重重。

正午时分，温度极高。操作手们用遮阳巾护住面部，虽然抹了一层又一层的防晒霜，但脖子、手腕等部位还是被阳光灼烧得火辣辣疼，汗水浸湿后奇痒难耐。

　　　　　　　　　　　C 连的战事

休息时，我们去送水，感受到了他们的工作环境。驾驶室被晒热后像一个火炉。他们的战斗意志非常强，热了就往头上浇水降温，困了就抽烟提神，呼吸急促了就到旁边吸一会儿氧。机不停、人不歇，直到机械高温预警，他们才在降温的间隙休息。

天黑之后，视线不良，加之沙土松软，在斜坡上作业，稍有不慎就有侧翻危险。连队干部都很揪心，但工程机械分队的战友很有经验，在一些点位地形受限的位置，他们采取先修路、再构工的办法，很快克服了困难。

就这样，晚上十一点左右，工程机械分队出色完成了C连基本指挥所的掩体构筑，并修整好了每一处掩体、平整好每一条道路。这既是任务，更是使命。

修筑前沿哨所就没这么简单了。由于敌无人机侦察频繁，推进区域完全在对方监视范围内，构工必须利用夜色进行。

高原的夜黑暗而寒冷，边关的月静谧而凄清。在这样的环境中施工，需要无比坚强的意志。连队为此成立党员突击队，并以班排为单位划分挖掘、清土、搬运、备料四个编组。

温度零下二十摄氏度，海拔四千多米，上层是冻土，底下是石块。刚开始没感觉，不一会儿，大家就碰到了第一块"硬骨头"——鹅卵石。浅沙下全是大大小小的鹅卵石，骨干们不约而同拿着镐先砸了起来，镐尖和石头擦出一道道火花，地面上泛起一个个白点，没几分钟就满头大汗、气喘吁吁。为了提高效率，大家又采取车轮战术，人停镐不停，一波接着一波上，到了凌晨两点，堑壕大致成形。

"没有麻袋，碉堡怎么建？"离天亮还有两个小时，作业也已过半。正当大家一筹莫展的时候，炊事班班长突然开口："还有些旧铁皮不知道能不能用上？"

"对，就用旧铁皮！"转眼间，阵地上又忙活起来。铁皮两头打洞，然后用钢丝穿起来，成了"铁管"，"铁管"两层相套，中间灌入砂石……那情景，就像电视剧《亮剑》里李云龙带领部队土工作业挖战壕的情景：战士们每人提着一篮子手榴弹，依托掩体工事投掷手榴弹，打得长崎部队阵脚大乱。

不到两个小时，铁皮碉堡就完成了，为了让这个"大胖子"更结实，战士们又在上面盖上木头、覆上厚土，一个坚固的碉堡挺立在了阵地的西侧。

东方即将破晓，必须赶在日出前结束战斗。大家顾不上手掌磨破的水泡和伤口，又在垛口设置了二十多个射击孔，把我们的"眼睛"放在了最前端。

## 五月二十一日 晴

坚守的日子，生死考验从未缺席。深夜，一个战友因高原反应出现暂时性休克，高烧三十九摄氏度，几次陷入昏迷，如果不立即进行救治，就有生命危险。侦察班的两个老兵反应迅速，直接冲到一百米开外的半山坡，人工接力把氧气罐扛上来。

但就在此时，前哨观察发现对面敌人正在河谷一带建立据点。他们报告了敌情，也报告了所携带的氧气已消耗殆尽。一边是敌情紧急不能撤哨，一边是补给紧缺亟须供应。连长考虑到我们通信班布设线路时熟悉道路，就安排我和另外一名骨干把氧气罐送往前出观察哨。

正值傍晚，是达坂积雪消融最多的时候，人在冰雪上行走，一不小心就会掉入雪窟窿。前方哨所的战友考虑到我们的安全，说等到明早再下山搬运氧气。但复杂的敌情和官兵们的高反症状等不得，我向连长保证："海拔再高，道路再险，我们也要第一时间把氧气罐送上去！"

五月的达坂，在强烈阳光的照射下，路旁的冰雪一点点在消融，河沟里的雪路更加难行，齐膝深的雪和化掉的水不一会儿就湿透了我们的作战靴。好在路线熟悉，哪里有个土坑我都一清二楚。很快，我们把氧气罐送到了战友手上。

返回时，已是夜幕降临，我们迈着冻得发麻的双脚，扛着沉重的空氧气罐，艰难地返回驻地。最艰难的要数坡度较陡的冰雪沟，我们把背包绳一头捆在氧气罐上一头系在腰间，向前奋力地拉行，最终将氧气装备带了回来。

回到连队时，我们的脚被冻成了"冰疙瘩"，连鞋都脱不掉。连长赶紧让人倒了几盆温水，让我们泡着化冰。半小时后，我们才慢慢脱掉了鞋子。


## 五月二十八日 晴

我们班刚到前沿哨所执勤第一天，就接到上级下达的紧急任务。下半夜两点，我和副班长爬到了那个争议的山顶，海拔大约是五千六百米。我们各带一部相机，从两个方向低姿匍匐爬了过去。借着雪的光芒，能看到山脊上停着两台机械，还有一个临时板房。按照双方约定，对方是不能在那里搭建临时板房的，如何处理好现场并且不爆发冲突，是对一线人员的巨大考验。

C 连的战事

看到四周没人，我便悄悄进到那个板房里。板房里有两床铺盖，几桶汽油，还有一个牛粪炉子。炉膛里的火还没有彻底熄灭，对方人员可能很快就会回来。

事实上，就在山脊另一面下方的两三百米处，对方的人员正在另一个帐篷里休息。他们白天在山脊处的帐篷里瞭望，天黑后便到下面的帐篷里休息。我本来想拿块石头把推土机的玻璃砸碎，但是他们那么近，一有动静就会上来，那就麻烦了。

盘算了一会儿，我看着牛粪炉子有了主意。我塞了几块干牛粪，炉火重新旺盛起来。我悄悄把帐篷里的被子塞进推土机驾驶舱里，然后把棉絮撕成条状塞进汽油桶里，这样能制造一个慢慢燃烧的过程。我从没有汽油的那一段用炉火把棉被点燃，然后迅速按照原路返回山脊另一面。副班长在那个陡坡处等着接我，我往下一跳，正好落在他的身上。我们跑到半山腰的时候，山脊处火光冲天，推土机和汽油桶发生了爆炸。

后来，对方的临时板房也就彻底消失了。


五月三十日 大雪

连队的给养已所剩无几，山下负责送给养的大部分是病号，很难满足山上的物资需求。食物和水的缺乏，以及连续吃单兵干粮，加之高强度的体力消耗，使官兵们不同程度出现便血便秘症状，身心经受前所未有的挑战和考验。有的裆部严重溃烂，密密麻麻起了几十个褥疮，走起路来一瘸一拐，仍然坚守在阵地上；还有的面部严重晒伤，脸上裂出好多口子，皮一层层往下掉，说啥也不下山。

在边境斗争一线，连队最愁的不是让战士上前线，而是做留守工作，每次确定留守人员都是件头疼的事，战士们留谁谁不干，留谁谁都有情绪。坚守高地虽然很苦，但大家面前只有前进的选项，没有退却的理由。无奈，连队只得安排轮换驻守，然后下山休整一至两天。

"你若问，一线对峙有多险，枪炮子弹随身挂，睡觉也要半睁眼；你若问，一线对峙有多苦，一顶帐篷挡风雪，三块石头支起锅；你若问，一线对峙有多累，马儿来了都腿软，骡子来了也掉泪。"一个战友在日记里这样写道。

发表于《解放军文艺》2024年第8期

C连的战事

# 图书在版编目（CIP）数据

去往马攸木拉／王昆著．－－北京：作家出版社，
2024.9

ISBN 978-7-5212-2904-2

Ⅰ．①去… Ⅱ．①王… Ⅲ．①散文集－中国－当代
Ⅳ．① I267

中国版本图书馆 CIP 数据核字 (2024) 第 102771 号

**去往马攸木拉**

作　　者：王　昆
责任编辑：田小爽
装帧设计：意匠文化·丁奔亮
出版发行：作家出版社有限公司
社　　址：北京农展馆南里 10 号　　邮　　编：100125
电话传真：86-10-65067186（发行中心）
　　　　　86-10-65004079（总编室）
E-mail:zuojia@zuojia.net.cn
http://www.zuojiachubanshe.com
印　　刷：河北京平诚乾印刷有限公司
成品尺寸：142×210
字　　数：102 千
印　　张：6.8
版　　次：2024 年 9 月第 1 版
印　　次：2024 年 9 月第 1 次印刷
ISBN 978-7-5212-2904-2
定　　价：58.00 元